文訊叢刊⑳
〈近代學人風範〉第四輯

理想人生的追尋

——于右任、蔣夢麟、王雲五

文訊雜誌社 編

《序》尋找知識報國的典範

祝基瀅

人類文化的發展，一方面是庶民大眾爲了基本的生存與生活所形成的經驗與智慧之累積，另一方面是羣體當中擁有知識者不斷繼承與創新所造成的，後者尤其重要，因爲他能夠將一般經驗系統化成知識，進而使之被當做學習或批判的對象，去加以修正、轉化，或重新創造，使整個文化傳統永遠健康豐碩、活力充沛。然後使人類的生存空間更加寬闊、多元，使生活更加充實、愉快。

當然，這還必須有一個前提，那就是這些擁有知識者能將其知識之力量向上向善去發揮，換句話說，他們要能以道德結合知識，胸中常懷人羣結構的良性發展，否則知識也可能被誤用、濫用，而爲害社會。

從這方面來看，所謂擁有知識者的「知識人」（或「知識分子」）的質與量之狀況，就可以說是檢驗文化發展的指標了。也確實是這樣，在各知識領域的研究，無論如何都必須以「人」作爲討論的核心，否則可能就會落入玄虛的論辯。這就是爲什麼當代對於所謂「知識分子」的討論會那麼熱烈，而且可以說沒有間斷過，尤其是對於晚清以降中國的知識分子之研究，幾乎可以視爲一門顯學，就記憶所及，下面這些成書頗具代表性：「中國知識分子與西方」（汪一駒著，梅寅生譯）、「轉型期的知識分子」（馬彬著）、「知識分子與中國」（周陽山編）、「知識分子與台灣發展」（中國論壇編委會編）、「女性知識分子與台灣發展」（同上）等，其他有關中國近代思想史、文學史的研究，或者是有關傳統與西化的激盪之課題，大部分都環繞著知識分子的思想和行爲去開展系統研究。

熟悉中國近代史的人都知道，在晚清這麼一個「三千年未有之變局」中，救亡圖存的重責大任落在先進的知識分子身上，他們在對於中國文化的檢討、西方思潮的引進、新制度的探討以及國體的大辯論上，貢獻良多。他們奔走呼號、糾合同志，希望能力挽狂瀾，拯救民族於危急存亡之際的精神，令人欽佩。民國肇建以後的國情雖有所不同，但有良心的知識分子之所用心，亦彰彰在人耳目。他們所追求的無非是「國富民强」，因爲民族的危機並沒有解除，人民的苦難日愈加深。

如今，國家發展又面臨另一個關鍵時刻，知識報國，不但是知識分子的責任，也是社會大衆的殷切期許，這也讓我們想起從晚清（尤其是甲午之戰）到民國的這一時代中，究竟形塑了多少知識分子的典範？是否有重新試探的必要？由於時代的接近，環境也頗有類似之處，如果典型已在夙昔，在風簷展書讀之際，是否可以找出一些典範以爲借鏡，進而尋思我輩在當前的情勢中一些應行可行之道。

這就是我們爲什麼籌畫這一系列「近代學人風範研討會」的主要原因。選用「學人」這個名詞以代「知識分子」，主要是感到它有一種親和性和尊重感。至於選擇那些學人以爲研討對象，這是一個仁智互見的問題。我們一方面考慮學人是否有其明顯的特性，譬如說，嚴復在西方社會科學方面的翻譯，連橫撰述台灣通史，張季鸞的報業成就，蔡元培在教育和學術行政上的卓越表現等，同時其人格嶔崎磊落，足堪後人表率。另外，我們也考慮到各位學人所代表之學術或專業領域，以及社會人士所感到興趣之課題。

面對每一位學人，主要是了解其生平，清理其學術表現及其涉及公衆事務之成就，分別約請專家撰述論文，安排特約討論人，希望透過公開的學術論辯，探觸思想的核心，以供今後國家發展的借鏡，我們歡迎同好參與討論，集思廣益，必能對尋找典範，實踐知識報國有所貢獻。

從民國七十九年七月起，我們每月舉行一次研討，每次以一位學人爲對象，計畫進行一年。前三次已結集成「知識分子的良心」（連橫、嚴復、張季鸞），第四次到第六次分別討論吳稚暉、蔡元培、胡適，結集而成「憂患中的心聲」，第七次到第九次分別討論梁啓超、張道藩、張知本，結集而成「但開風氣不爲師」，第十次到第十二次分別討論于右任、蔣夢麟、王雲五，結集成「理想人生的追尋」，四書出齊，盒裝成套，希望能提供進一步討論的基礎，引起知識界及社會大衆更廣泛的注意。

目錄

王雲五：一代奇人

于右任：俠骨儒心

由牧羊兒到革命志士，
于右任終其一生爲黨國奔波。
他是成功的報人，也是最守新聞道德的記者。
他的詩意境博大壯闊，氣勢雄渾磅礡，
字裡行間，流露出一種眞摯的愛，一種明快的美，
他的草書，聞名於世，人稱一代草聖。

于右老一生的貢獻

■劉鳳翰

一、前言
二、從牧羊兒到革命志士
三、上海的奮鬥
四、交通次長與靖國軍總司令
五、爲黨國奔波
六、建立監察制度
七、新聞事業與新聞道德
八、詩文與草書
九、日常生活與培育青年
十、結語

一、前言

筆者編過一本于右任年譜，那是中央研究院近代史研究所「口述歷史」的準備工作。當時于右老忙，雖然安排了訪問時間，但未及訪問，右老便仙逝了。「年譜」經過增補整理，民國五十六年由傳記文學社出版發行。

此書發行後，二十五年間，本人一直從事近代史之研究工作，先後在國內外——國史館、黨史會、中央圖書館、監察院、中研院近史所，與倫敦大學、大英博物館、美國國家檔案局、哈佛大學、哥倫比亞大學、美國國會圖書館及史丹福大學胡佛研究所等處，從一些公家或私人檔案，與早期報刊中，發現許多珍貴的資料，故將「原譜」作大幅度的修改與補充，且較「原譜」增加兩倍份量。此份「新譜」需再修正濃縮後，始能與諸位同好見面。希望它將來爲「文筆流暢、態度客觀、心術端正」之人給右老撰寫傳記時之參考。

今逢右老一一二歲誕辰。中國國民黨中央文工會特爲舉行學術研討會，以紀念這位黨國偉人。右老的一生與中華民國不可分，其事業歸屬於三個範圍：㈠興學與辦報；㈡革命領軍與從政；㈢學術文化與藝術上的成就。本文除前言、結語外，從八個不同角度加以闡釋：㈠從牧羊兒到革命志士；㈡上海的奮鬥（包括1震旦、復旦與中國公學；2創辦神州日報；3民呼日報與民吁日報；4民立報的作爲）；㈢交通次長與靖國軍總司令；㈣爲黨國奔波；㈤建立監察制度；㈥新聞事業與新聞道德；㈦詩文與草書；㈧日常生活與培育青年。這些都是犖犖大者，希望能藉此以糾正社會一般人的錯誤認知與作法。不過感到最抱歉的是：本人因應史丹福大學胡佛研究所之邀，在美訪問研究，不克親自提出論文，特煩同班好友陶英惠教授代爲宣讀，陶先生專研中國近代文化教育史，是此一領域中傑出學人，除表達筆者的感謝外，有什麼問題，大家可向他請教。

二、從牧羊兒到革命志士

于右老原名伯循，字右任，後以字行，清光緒五年三月二十日（一八七九年四月十一日）生於陝西省三原縣東關河道巷。出生不滿二年，慈母趙太夫人病逝，父新三先生又遠在四川經商，賴伯母房太夫人攜歸母家扶養。時因捻亂，農田荒蕪，鄉人多兼營畜牧。光緒十年（一八八四年）冬，右老六歲，伯母用三百錢買一跛羊，交其隨表兄的跛羊一起放牧。一日，三狼從荒草躍出，所有牧羊人與羊羣驚散，二隻跛羊已被狠咬死，時餓狼距右老僅數尺，幸村人攜鐮刀奔至，於千鈞一髮間，將右老救回。此後伯母怕再生變亂，第二年春天，即送右老入楊府村私塾讀書。教師爲三水老儒第五先生。十一歲返回三原東關，拜名師毛班香先生，開始學近古體詩，兼習草書。時于父自蜀回陝續娶，每夜父子共一燈互爲背誦，背誦時皆向書一揖，不熟則深夜相伴不眠。且居家甚貧，常乏食鹽，前院爲鞭炮工廠，右老每於放學後即至工廠作零工，藉作購紙筆或貼補家用。後因炮房失火，全家幾被燒燬。

十七歲，趙芝珊提督陝西學政，右老以首卷入學。十九歲離開毛班香私塾，往來於涇原三大書院（味經、崇實、宏道）游學，受業於朱佛光、劉古愚諸名師。二十歲，葉爾愷學政在陝學行「觀風考試」，對右老文章特別賞識，目爲「西北奇才」，並授薛福成出使四國日記，從此右老開始留心世界大勢。第二年百日維新，各地青年均甚感動，右老留有雜詩，是青年時期傳世之作，也是現行「右任詩存」中的第一篇。翌年陝西荒旱，學政沈衞派右老爲三原粥廠廠長，擔任救濟飢民工作，由求學轉爲社會服務，因爲工作努力，粥廠結束，即保送西安陝西中學就讀。

庚子之變，慈禧太后與光緒帝入陝，右老欲上書陝西巡撫岑春煊，請手刃慈禧太后，被同學王炳靈所止。當時科舉乃是青年循序上進的正途，光緒二十九年（一九〇三年癸卯），右老二十五歲，以第十名中舉，文名益盛，友孟益民排印右老詩集，題名「半哭半笑樓詩集」，中有「革命方能不自囚」等語。陝甘總督升允以「逆豎昌言革命，大逆不道」入奏，清廷下諭革去舉人，通緝歸案。時右老正在開封應禮部試，得專差報信，遂亡命上海。

三、上海的奮鬥

1震旦、復旦與中國公學

右老抵上海，初居法租界三芳閣一小旅店，剪去髮辮，用所帶有限旅費，暫過隱居生活。經月餘，費用將盡時，巧遇涇陽同鄉吳仲祺，即遷至吳家，此時結交文人義士——汪允中、張化南（張繼之父）、雷祝三、吳彥復等。旋被馬良（相伯）獲悉，將其招至震旦書院，以劉學裕爲名入學，免其學膳費，是右老從事教育事業之開端。

震旦書院設址於上海徐家匯天文台內，校風重自治，有軍訓課程。該院於光緒二十九年初（一九〇三年二月），經蔡元培、張元濟、汪康年等建議馬相伯，由耶穌會贊助而創立。至光緒三十一年（一九〇五年）夏，校長馬相伯因病入院療養，外（法）國傳教士干涉校務，主張增加宗教課程而引起學潮，學生堅決反對，相伯與學生同一立場，因此決定離開震旦，另建新校。此段時間右老為相伯私人書記，並與葉仲裕參加籌備新校工作。八月建校完成，右老建議以「復旦」為校名，表示不忘震旦之舊，更含復興中華之義，為衆所接受，定名為復旦公學，推馬相伯為校長，右老任國文講習。

同月，中國同盟會在東京成立，十一月，日本文部省在清廷要求下，公佈取締中國留學生規則，陳天華憤而投海自殺，一部分不甘受日人壓迫與侮辱的留學生，因而罷課、退學，相繼來滬，這些愛國青年，需要繼續求學，經自日歸國之姚宏業、張邦傑奔走，右老與王敬芳（搏沙）熱烈贊助，終於在吳淞砲台灣創立「中國公學」——一所代表民族自尊、自立、自信的學校，馬君武為總教習，右老為創辦人之一，且兼任國文教習。

2 創辦神州日報

光緒三十二年（一九〇六年），上海革命黨言論機構，如蘇報（光緒二十九年閏五月五日，一九〇三年六月二十九日）、警鐘日報（光緒三十一年二月二十日，一九〇五年三月二十五日）相繼被封閉，右老思有所動，乃聯絡復旦——葉仲裕、汪壽臣、邵仲輝（力子）、葉藻庭、金懷秋、王公俠；中國公學——王敬芳、張邦傑、黃禎呈、譚价人、孫性廉、梁維嶽、鍾文恢等人，發起創設神州日報，擬定章程、刊布各報，公開招股，資本十萬元，分二萬股。九月認股金已超過半數，右老乃被推為赴日考察新聞事業，並參觀朝日新聞。

右老在東京經康寶忠介紹，得識同盟會總理孫中山先生。九月二十七日（一九〇六年十一月十三日），由胡衍鴻（漢民）爲主盟人，康爲介紹人，宣誓加入同盟會，孫總理委右老爲長江大都督，東京豫晋秦隴四省協會舉右老爲會長，且予神州日報財務支援。並徵得湖南才子楊篤生（守仁）同意，返滬擔任神州日報主編。

光緒三十三年丁未二月二十日（一九〇七年四月二日），神州日報創刊，右老自任社長，贊助名流有馬相伯、黃晦聞、章炳麟等，南通張謇亦力予鼓勵。神州日報的使命是光復神州，闡揚民族精神，傳播革命種子，且在報首不用清帝年號，而以干支「丁未」年代之，是一種最大膽的革命行動，尤能振奮人心。

神州日報創刊時，上海已有申報、新聞報、中外日報、時報、南方報等十多種華文報紙，這些報紙因受清廷的影響，多主張君主立憲，對民族革命，則噤若寒蟬，獨神州日報不畏強權，在楊篤生、范鴻仙、王无生、汪允中、李孟符（岳瑞）、陳非卿（飛卿）、談善吾、楊千里等筆陣中，明言暗諷，發揮出無比之力量，可惜未及一年，因隔壁廣智書局失火而波及，編輯、印刷、營業三部均付之一炬，後因內部人事糾紛，右老退出。

3 民呼日報與民吁日報

光緒三十四年戊申八月，右老個人籌辦民呼日報，立得朋友同志——柏惠民、張人傑、龐青城、沈懋昭在經濟與精神方面之支持。十一月父新三先生在家病危，右老冒險潛返三原探視，返滬途中，新三先生病逝，至使民呼日報延至次年——宣統元年己酉三月十六日（一九〇九年五月十五日）在上海英租界四馬路望平街一六〇號出版。首倡「大聲疾呼、爲民請命」，且言「民呼日報者，黃帝子孫之人權宣言書也」，主張「闢淫邪而振民氣」，持論較神州日報更為激烈，筆陣除神州日報之王旡生、李孟符、汪允中、范鴻仙、談善吾、楊千里、陳非卿七人外，又有戴天仇（季陶）、吳藹林、朱少屏等新人加入。對滿清貪官汚吏攻擊不遺餘力，被清廷所忌，上海道蔡乃煌乃設詞誣陷四點：㈠指右老吞蝕甘肅賑款（陝甘總督升允主控）；㈡毀謗安徽鐵路候補道朱雲錦「賣國」；㈢刊登上海道蔡乃煌醜聞劣蹟；㈣揭發新軍協統陳德龍緣夤行賄。六月十七日（八月二日）租界捕房將右老拘押，在獄二十五天，結果以民呼日報停刊作交換條件而獲釋。民呼日報發行八十三天。

不過民呼日報停刊一個月又二十天後，八月二十日（十月三日）民吁日報又在原址出現，並說：「民不敢聲，故僅吁耳」。右老為避風頭，以朱少屏為發行人，范鴻仙為社長，向法國領事署註册。其宣言書云：「……小之可以覘民情，大之可以存清議，遠之可以維國學，近之可以表異聞」。然其鼓吹革命精神和言論之激烈，較民呼報又有過之。對清廷權貴之諷刺，亦不放過，如九月三十日（十一月十二日）「大陸春秋」欄之「政府之側面觀」短評：

㈠立憲之聲日高，貴族之勢日大；

㈡不分畛域之論日肆，政府之用人日偏；

㈢軍機之圓熟者日多，執政之作事日便；

㈣外禍之相逼也日甚，當道之發財也日易。

「民吁」筆陣除民呼日報舊人外，另有景耀月，及專欄作家陸冠春（秋心）、柳棄疾（亞子），畫家張聿光、錢病鶴等。外稿有革命黨人陳與燊、賓步程；南社葉楚傖、寧太一（調元）及吳宓（曼陀）等作品。

當時日併朝鮮，朝鮮志士安重根於一九〇九年十月二十六日刺殺伊藤博文於哈爾濱，民吁日報曾作多次篇幅不同方向的細密報導與評論，並指出日本兼併朝鮮後，有積極侵略中國之野心。日本駐上海總領事松岡二度向上海道蔡乃煌提出抗議，要求查封報館，懲辦主持人員。民吁日報出版四十八天，又被查封；並堂諭：「民吁日報永遠停止出版」、「機器不准作印刷報紙之用。」

4民立報的作爲

右老在上海創辦最後的一家報紙是民立報，宣統二年庚戌九月九日（一九一〇年十月十一日）出版，地址暫用民吁報舊址，辛亥二月遷法租界三茅閣橋南五十四號。此報得上海聞人沈縵雲支持，及柏惠民、龐青城、張人傑、孫性廉、周柏年等人資助，順利發行。「民立」之命名：以提倡人民自立之精神，與培養人民之獨立思想爲宗旨。其筆陣有：王旡生、宋教仁、李孟符、王允中、范鴻仙、康寶忠、談善吾、王麟生、馬君武、呂志伊、邵仲輝、葉楚傖、章行嚴、王印川、陳其美、張季鸞、陸冠春、楊千里、徐天復、李伯虞、周錫三、劉文典、朱宗良、王伊文、景耀月、黃健六、覃壽堃、張聿光、錢病鶴、汪綺雲等三十人，楊篤生時爲駐英通訊記者，吳忠信總經理代社長，朱少屏、王步瀛、童弼臣經理。各種人才皆一時之選，且多同情革命或革命黨人。史家將民立報譽爲清末革命重鎮，當不爲過。

民立報的持論可分爲二個階段：㈠自創刊至辛亥三月廣州之役，言論集中於對日、俄、英之交涉，清廷之黑暗，資政院議員之無能，以及各省立憲派人士的活動，基本態度還算比較溫和；㈡辛亥三月，隨著廣州之役爆發，與中部同盟會總會的成立，持論轉趨激烈，全力鼓吹革命，報社成爲革命黨人聯絡中心。廣州之役前後，譚人鳳、宋教仁、陳其美、呂志伊等許多志士，往來於上海、香港、武漢各地，都以民立報董事、主筆、記者，或職員名義爲掩護，從事激烈的革命行動。民立報亦乘勢呼嘯於大革命的浪潮中，武昌義起，衝垮腐敗的滿清王朝，建立起莊嚴的中華民國。

十一月六日（十二月二十五日）孫總理至上海，右老與民立報同仁到吳淞碼頭歡迎。此後參加愛儷園行館所召開之同盟會幹部會議。孫總理親自爲民立報題中、英文贈詞：㈠中文——戮力同心，民立報同仁屬書，孫文；㈡英文——"To Minlipao "Unity" is our watch word, Sun Yat-Sen（合之一字最爲吾人警惕）。孫總理就任臨時大總統後，頒贈民立報旌義狀，以表彰民立報對革命運動的貢獻。

民國二年三月二十日，袁世凱派人行刺宋教仁，兩天後不治，右老親撰「宋教仁先生石像贊」，辭曰：「先生之死，天下惜之，先生之行，天下知之。吾又何記！爲直筆乎？直筆人戮。爲曲筆乎？曲筆天誅。嗚呼！九原之淚，天下之血，老友之筆，賊人之鐵！勒之空山，期之良史，銘諸心肝，質諸天地。」論者稱之爲千古絕唱。

袁世凱曾說：「辛亥革命成功，得力於民立報之宣傳者爲多」。二次革命，各地討袁軍相繼失敗，民立報在上海堅持到九月四日，共出版一〇三六號，以環境險惡，乃忍痛宣佈自動停刊。右老亦東走日本。

四、交通次長與靖國軍總司令

1兩個多月的交通次長

孫總理當選第一任臨時大總統後，民國元年一月三日正式發表新政府各部總次長之任命，右老被任命爲交通次長，同時民立報人員入閣的尚有司法次長呂志伊、教育次長景耀月、實業次長馬君武。右老爲此一職位向黃興表示謙辭，黃以先生（孫總理）意思拒之。另外宋教仁爲法制局長，康寶忠、張季鸞、王旡生爲總統府秘書員，方潛爲南京府知府，吳忠信爲首都（南京）巡警總監。這些人皆來自民立報。

交通部於元月二十三日正式成立，總長湯壽潛一度就職，旋即赴滬，部務由右老代行。其重要貢獻：㈠整理郵政，發行中華民國光復郵票；㈡行駛滬寧鐵路夜車；㈢整理電報局，減收新聞紙郵電費用；㈣飭滬寧鐵路局收用軍用鈔票；㈤電各省保護招商局輪船，恢復長江航運。然爲時甚暫，三月二十九日，即辭去次長職務，重返民立報。

2近四年的靖國軍總司令

民國三年六月二十二日，中華革命黨在東京成立，宣誓再舉革命，派右老主持陝西討袁軍事，在滬策劃發動，右老赴北京試探。四年夏，經南京至上海，創辦民立圖書公司作掩護，值此革命低潮，努力讀書，成爲右老「一生中最難得的治學時期」。

民國六年九月一日，國會非常會議，在廣州選舉孫中山先生爲中華民國軍政府海陸軍大元帥，形成一國兩府、南北對峙局面。七年一月二十四日，革命黨人張義安（陝軍營長）在三原起義，與郭堅（陝軍旅長）、胡景翼、曹世英（皆陝軍團長）、樊鍾秀（河南民軍司令）聯合，組織靖國軍，計劃進攻西安，不幸義安傷重去世，臨終前連呼：「快請于右任回來領導靖國軍。」右老於五月二十日抵三原，接受軍民擁護，八月九日正式就任陝西靖國軍總司令，主持西北革命大計，與孫大元帥廣州護法軍政府相呼應。當時靖國軍共分七路——第一路司令郭堅；第二路司令樊鍾秀；第三路司令曹世英；第四路司令胡景翼；第五路司令高峻；第六路司令盧占魁；第七路司令王珏，胡景翼兼作戰總指揮，全軍近三萬人，佔領區：東至黃河、西至陝甘交界，共十四縣，初與北洋軍陳樹藩作戰，繼與馮玉祥交手，先後戰死或被誘殺的將領計有：井勿幕、董振武、于鶴九、郭堅等人。當時最大難題是缺乏械彈和糧餉，右老不願加重地方負擔，拒絕採行增稅及發行紙幣政策，只就原有的稅收維持官兵最低伙食費用。

民國十年十月十日，靖國軍在馮玉祥壓迫下，改爲陝軍，僅留楊虎城、麻振五兩部。右老「寧爲玉碎，不爲瓦全」，西走鳳翔，重振靖國軍，與馮軍作戰，不幸戰敗，於十一年端午節，知事不可爲，在鳳翔召開最後會議，遣散總部人員經甘入川，順江抵滬。此時孫中山先生以粵局日非，亦退居上海。所有靖國軍，除樊鍾秀南去廣東外，後來演變成國民二軍（岳維峻）、陝軍（楊虎城）兩支主力。

五、爲黨國奔波

民國十一年右老創辦上海大學，同年復旦大學贈右老法學博士學位。十三年一月中國國民黨改組，右老當選第一屆中央執行委員，十月靖國軍舊部胡景翼、岳維峻率國民二軍，與馮玉祥聯合，在北京反直成功，電請右老北上督導，並轉請孫大元帥北上。同年底孫先生入京，派右老爲北京政治分會委員，並赴奉晤張作霖以阻張昌宗兵自山東西犯河南國民二軍。孫先生病逝，由東北趕回北京襄理喪事。十五年一月，右老當選第二屆中央執行委員。時國民一、二、三軍被直奉閻軍所敗，劉鎮華又圍攻西安。三月，國民政府軍事委員會委員蔣中正電右老赴粤商北伐大計，右老電覆：「援陝事急，弟解西安圍後，當與北伐軍會師中原。」中央乃委右老全權指揮西北革命。右老爲聯絡馮玉祥，遠走蘇聯，後經庫倫至五原，同年九月十七日「五原誓師」，馮率國民聯軍全軍加入中國國民黨，右老以中央執行委員身份授旗監誓，國民聯軍在「固甘援陝，聯晋圖豫」政策下南下，解西安之圍。

初馮玉祥發表右老爲國民聯軍駐陝總司令。右老進入西安，主持全陝軍事，將西安新城命名紅城，以紀念守城將士之英勇奮戰。但馮軍將領對右老多陽奉陰違，嗜殺成性的馮玉祥忌之尤甚，右老遂離西安前往耀縣葯王山作隱居之計。馮參加國民革命，竟不能容一引進之民黨領袖，自受各方責難。民國十六年一月馮進駐西安，力挽右老出山，二月，馮再授右老陝西省政府主席兼總司令，主持陝西軍政。

馮軍原爲北洋軍的一支，早已自成系統，在其勢力範圍內治民領軍，皆非易易。寧漢分裂之初，馮以兩面手法向雙方輸誠，四月武漢政府任馮爲國民革命軍第二集團軍總司令，令其出兵潼關，六月一日佔鄭州，六日在鄭州會議，汪精衞、譚延闓、徐謙、孫科、顧孟餘、唐生智、馮及右老皆參加。馮取得「開封政治分會」主席，陝、甘、豫三省之統治權。右老爲陝西省政府主席，及第二集團軍第六方面軍總指揮，然馮正計劃將右老除掉，會後右老乘爲汪等送行之際，跳上火車南下，脫離馮之掌握。

七月十五日，武漢宣佈分共，八月八日繼之清黨，右老九月初自武漢回上海，參加十一、十二兩日，寧、漢、滬三方中國國民黨主要負責的中央委員，在上海戈登路伍朝樞寓的兩次談話會，並為漢方所推出六位特別委員之一。九月十三日談話會，推定右老、張繼、蔡元培、何香凝、李煜瀛代行監察委員職權。九月十六日，中國國民黨中央特別委員會成立，次日，推定國民政府委員人選，右老為四十七位國府委員之一，同時並被推為軍事委員會委員。

民國十七年一月九日，國民革命軍蔣總司令通電復職。十三日邀在寧中委右老等十七人談話，決定在四中全會召開前舉行一次預備會議。二月一日在寧中委舉行預備會議，決定二月二日召開四中全會，並推蔣中正、譚延闓、于右任為主席團，翌日會議正式揭幕，到會中央執監委員二十九人，右老任主席，蔣總司令提出報告。右老並提案：「為集中革命勢力，限期完成北伐案」，此案二月六日決議：「交國民政府責成軍事委員會、北伐全軍總司令統籌全局，從速遵辦」。

七月一日任審計院長，此時北伐成功，黨政軍諸多紛歧，右老奔走陳詞，潛移默化，終致相忍為國。尤以九一八之後，日本在東北不斷製造事件，尋求侵我藉口，而政府負責人，國民政府主席蔣中正被迫下野，汪兆銘臥病上海，胡漢民遠在香港，一時中樞無主，人心惶惶，右老以一種超然調和地位，奔走其間，並强調指出：「黨內之精誠團結與國人共赴時艱，實為解救國難之唯一要義，抑亦渡過國難之唯一途徑。」且一度有出任國民政府主席之說，當時天津大公報曾以頭號標題刊載：「主席大任已確定于右任」，最後雖未成事實，改推林森為主席，但右老此時在政府地位，其重要可知。西安事變發生，右老急赴陝西宣慰西北軍民，二十三日至華陰，晤陝西軍民代表，二十五日蔣總司令中正出險。

六、建立監察制度

民國二十年二月二日，右老任監察院長，這是我國正式行使監察權的開始，籌備之初，煞費苦心，右老以「用人唯才」及省區的分配原則，提出第一屆監察委員二十三人：劉三、朱慶瀾、周覺、周利生、劉成禺、蕭萱、于洪起、吳忠信、高一涵、袁金鎧、李夢庚、姚雨平、葉荃、王平政、劉莪青、田炯錦、邵鴻基、高友唐、樂景濤、奇子俊、羅介夫、謝无量、鄭螺生，由國民政府於二月十六日正式任命，監察院遂於同日正式成立。

三月一日公佈監察大綱：㈠劃分監察區，派監察使行使監察權；㈡派員分赴各政府機構、公立學校，與公營事業調查案卷册籍；㈢人民向監察院控訴無任何限制；㈣財務審計按審計院經驗評訂事前審計章程辦理。前三項爲彈劾權，後一項爲審計權。當時右老有一妙諭：「一個蚊蟲，一個蒼蠅，一個老虎，只要有害於人，監察院都給它平等待遇，並不專打小的而忘記大的。」

民國二十二年是監察院大事開展的一年，各監察使開始巡迴監察，提出彈劾案如下：

㈠一月十日，提出故宮博物院院長易培基盜寶案；

㈡一月十五日，提出彈劾上海地方審判廳前廳長鄭毓秀與上海特區法院院長楊肇煥，貪婪不法案；

㈢三月一日，提出彈劾張學良、湯玉麟在熱河作戰不利喪師失地案；

㈣五月，提出江蘇省政府主席顧祝同包庇下屬，違法失職案；

㈤六月，提出彈劾鐵道部長顧孟餘向外國採購鐵路器材，有喪權違法舞弊情事案。顧案引起汪精衛不滿，在中央政治會議提議，重要彈劾案件應向中央政治會議報備，經同意後方可在監察院提出。右老與全體監委表示無法接受而予以擱置。

民國二十四年四月，右老主張監察權內外兼顧，中央地方並重，全國設十個監察區，各監察使經常在轄區內巡迴監察，注意政府機構設施及人民疾苦，隨時將工作情形報院；同時派專人撰述「監察制度史要」與「監察制度史考」兩書。

抗戰時期，右老將監察權擴大，增糾舉權與建議權，組戰區巡察團，負責：㈠軍風紀巡察；㈡兵役監督；㈢行政工作考核；㈣傷病兵醫院監察與救濟業務。行憲後，監察權包括：㈠彈劾；㈡糾舉；㈢糾正（原建議權）；㈣審計；㈤同意等五權。

監察工作，最易傷人，行使職權，往往阻礙橫生，所幸右老德高望重，守正不阿，積極策劃，向前邁進，而奠定堅固之基礎，民國五十三年十一月十日，右老病逝監察院長任內，在位三十三年九個月又八天。

七、新聞事業與新聞道德

右老是成功的報人，也是最守新聞道德的元老記者。他在創辦神州日報時，即指出報紙之流弊有四：㈠無的放矢，黑白不分；㈡傳播謠言，不究實際；㈢鋪張瑣事，虛佔篇幅；㈣黨同伐異，私而忘公。此四弊至今仍見諸各報端，應爲新聞從業人員所警惕。

右老認爲要辦好一份報紙，應遵守四項原則：㈠言論獨立自由；㈡報人與學者結合；㈢以民衆利益爲前提；㈣新聞記者的責任感。

「言論獨立自由」：才不被任何權勢集團所挾脅，有任何事情公正的報導出來，使不法者有所顧懼。這正是新聞的社會力量，也是新聞從業人員的基本信念。

「報人與學者結合」：一份報紙，必須有各方面學者爲之執筆撰稿，而後才能提高新聞素質、學術深度。右老辦報，得力於復旦與中國公學同仁協助爲多。張季鸞辦大公報，曾說他是民立報之學徒。

「以民衆利益爲前提」：右老在民立報上說：「民之所好好之，民之所惡惡之，昔人以此爲執政者之天賦，吾則以此爲新聞記者不二法門。」新聞事業不但要克盡爲民喉舌之職責，更應以民衆利益爲依歸。

「新聞記者之責任感」：這是今日社會上爭執最大的問題，有些記者私而忘公，給某關係人或相關學者一通電話，對方什麼話都沒有說，記者卻寫出長篇大論的報導；或者對方在關鍵處講了一兩個小時，記者則一字不提，想在座的許多人都有過這種被「愚弄」的經驗。右老曾說：「社會中握有最大（予取）予奪之權者，無過新聞記者」。又說：「世界如此之大，文物日新，人所不能到的地方，記者能到；人所不易見的人物，記者能見；人所急於要知的情事，記者先知」。新聞記者有此「特權」，絕不可圖一時之便，或逞一時之快，爲所欲爲，應在「責任感」的趨使下，爲所當爲。

右老要求新聞記者：「故凡語一人，是者是之，非者非之，存眞是非於社會，執筆人之責也。故社會中有眞是非，而後有眞人物也。」不然，以私害公，不顧新聞道德與執筆責任，「新聞記者之誤國誤民，其罪更甚於劣等官吏。」

抗戰勝利後，上海復旦大學新聞館落成，右老應邀致詞說：「為維護新聞自由，為珍重新聞自由，必須要恪守新聞道德。新聞道德與新聞自由，是相輔相成。沒有新聞道德的新聞記者，把新聞自由隨便玩弄，其流弊與禍害，固不堪言，而辛苦奮鬥所得之新聞自由，終不能保持。所以新聞自由之能否保持與擴大，全恃新聞記者的新聞道德。」「新聞記者不守道德，便不能負責任。新聞記者不但有法律責任觀念，尤須有道德責任觀念。」這些應是新聞從業人員所謹記。

八、詩文與草書

右老的詩甚享盛名，王陸一箋注「右任詩存」（民國二十四年上海版）收錄民國二十年以前所作詩詞。右老的詩：意境博大壯闊，氣勢雄渾磅礡，音調鏗鏘舒暢。讀右老的詩，不僅為他憂國憂時與忠黨愛國精神所感動，同時在字裡行間，流露出一種眞摯的愛，一種明快的美，具有啓示性，也有感染性，充分發揮藝術的最高功能，表現出一種「自然的偉大」，茲舉例如後：

㈠民前九年「赴試過虎牢」：「雲亂雁聲高，書生過虎牢；相持無楚漢，憑軾讀離騷；黃土懸千尺，青天露一毫；回頭應笑倒，歃血幾人豪。」

㈡民國六年「吳王渡」：「風鶴驚心渡不開，角聲飛上禹王台；老翁家住黃河岸，曾說秦兵幾次來」。

㈢民國十六年「與張秉三、趙古泥游尚父湖」：「尚父湖波盪夕陽，征誅漁釣兩難忘；窮羞白髮為文士，老羨黃泉作國殤；落葉層層迷去路，橫舟緩緩適何方？桂枝如雪楓如血，猛憶關西舊戰場」。

㈣民國二十四年「壽張季鸞」：「榆林張季子，五十更風流，日日忙文事，時時念國仇！豪情託崑曲，大筆衞神州；君莫談民立，同人盡白頭」。

㈤民國三十八年「謁黃花岡」曲：「中原萬里悲笳，南來淚灑黃花，開國人豪禮罷，採香盈把，高呼萬歲中華」。

右老爲文甚雜，然皆言之有物。筆名有：神州舊主、騷心、大風、剝果、太平老人。民國四十五年十二月榮獲教育部文藝獎，右老自喻「老樹開花」。民國六十七年四月「于右任先生文集」與「于右任墨寶」兩書，由監察院、國史館、黨史會共同出版。

右老提倡草書，先後刊行「標準草書」與「臨標準草書千字文」。並說：「余中年學草，每日僅記一字，兩三年間，可以執筆。」又說：「楷書如步行，行書如乘輪船火車，草書如坐飛機」。右老爲一代草聖，舉世聞名，但從不論書寫方法，有人問，則答多寫便工，然右老之「法」，實「無死筆」，則活字乃右老要訣。

九、日常生活與培育青年

右老律己甚嚴，待人極寬，生活十分純樸，布衣一襲、布鞋布襪、粗茶淡飯，尤好麵食，日子過得極爲規律：上班、開會、寫字、會客，或假日郊遊。生平不治私產，在原籍三原興辦斗口農場，以倡導農業發展與農業機械化爲主。並立牌曰：「死後國有省有臨時定之」。從大陸來台，只帶一支手杖，幾本舊書及少許筆墨，台北青田街的住宅是向公營事業所借住，臥室窄小簡陋，床書之外，別無他物。交遊甚廣，達官顯要、文人學士、販夫走卒，一視同仁，且平易近人，與右老在一起，如坐春風，讓人總有一種溫暖與關懷的感受。但不善理財，薪水（包括特支費）一到手，即念及鄉誼朋友，分配支用，家中常常要副官借買菜錢。右老怕冷，爲省電費，用木炭火盆取暖。蔣總統中正先生拜訪久坐，發覺炭煙對右老喉管不利，送了兩支電爐。

右老爲革命元勳，對青年愛護提拔，熱誠感人。早期在上海創辦復旦公學與中國公學，成爲革命同志的「訓練」中心，也是革命幹部的最大來源。領導靖國軍時，在三原創辦渭北中學，告訴同學不要讀死書，應該擔當國家興亡、民族復興的重大責任。上海大學分子比較複雜，但仍培育許多愛國志士，並多主持上海各級黨部。右老嘗勉勵青年說：「我一生失敗的地方，便是學力不夠，很多要作想作的事不能作，尤其不能讀外文書。所以要大家『立志』。」並說：「志不立，如不繫之舟，無銜之馬，漂盪不羈，終亦無所止。」並要學習黃花岡奮鬥精神。晚年更喜歡同青年人相處，於動作言語中，多少可找回自己的年青時代。他的一副對聯，正代表他的心情與聲望：「清平天下望，博大聖人心。」

十、結語

右老晚年，非常想家，眞乃「人情同於懷土兮，豈窮達而異心」。民國五十一年一月二十四日病中日記，有歌一首：「葬我於高山之上兮，望我大陸，大陸不可見兮，只有痛哭；葬我於高山之上兮，望我故鄉，故鄉不可見兮，永不能忘；天蒼蒼，野茫茫，山之上，國有殤。」此歌已成右老遺囑之一。

程滄波撰「監察院院長三原于公行狀」云：「公以書生亡命出關，六十年來廊廟江湖。天爵人爵，榮顯至極。平居雅故往來，安詳合易，未嘗有訑訑之聲音，巖巖之氣象；然公卓然獨立，居恆鬱鬱，若有終身之憂者，從知大丈夫來往出處，自有本末，世間文章富貴，曾不足稍縈其心。革命黨人承五千年文化之道統，爲生民立命，爲萬世開太平，千秋志業，在彼而不在此也」。

今以此作本文之結語，願國人共勉之。

（本文作者現任中研院近史所研究員）

于右任的革命報紙及其影響

■李瞻

壹、于右老的生平
貳、神州日報
叄、民呼日報
肆、民吁日報
伍、民立報
陸、于右任所辦報紙的影響

于右任先生不僅是當代有名的書法家、詩人，也是辦報的老前輩，被稱為元老記者。他所手創的「神州日報」、「民呼日報」、「民吁日報」、與「民立報」，是清末民初革命報刊的代表，對鼓吹革命有極大的貢獻，也產生了很大的影響。本文特就其生平、辦報經過及影響作一簡要評述。

壹、于右老的生平

右老原名伯循，字右任，公元一八七九年四月十一日，出生在西安府三原縣東關河道巷一間僅能遮風雨的廂房裡。他父親于新三，從十二歲就步行去四川習商，九年才能回陝西一次。他母親趙氏生下他只一年多就去世，他父親又在四川岳池，他只好跟著伯母房太夫人寄居外家。住了九年。房太夫人用三百錢為他買了一隻跛羊，這就是他自稱牧羊兒的由來。他十一歲時，房太夫人又帶他到三原東關，進私塾，唸了九年書。由於家境不好，他仍要出外打工，貼補家用。十七歲進書院就讀，後又進入陝西中學堂，識三原提倡新學的朱佛光先生，激發了他的革命思想。後來，他發而為詩，印行了「半哭半笑樓」詩草，陝甘總督升允摭拾中傷，以「逆豎昌言革命，大逆不道」等語入奏，迫使他亡命上海，這一年他二十六歲。

到上海後，由馬相伯安排入震旦，改名劉學裕。不久，學校起風潮，罷課，他和王敬方、張邦傑等發起中國公學，他在學校教國文。這一年，因上海「蘇報」、「警鐘日報」相繼被封閉，他看了某報社論，很生氣，投稿駁斥，沒有能登出，因而激發了他辦報的動機。他邀集復旦、中國公學的師生，發起籌設神州日報，並被推舉去日本考察新聞事業，進行募股。

二十八歲的于右任，到達東京，和陝西留日學生康心孚、井勿幕見面，參觀日本各大報社，並經由康心孚介紹，和胡漢民來往。十一月十三日，由康心孚引見晋見　國父孫中山先生。　國父對他很器重，和他多次會談，他也很快正式加入了同盟會。從此展開了他的革命生涯。除了辦報以外，他擔任監察院長三十多年，被尊稱爲監察院之父。監察委員和新聞記者，名位雖殊，職責相同，同爲監督政府，爲民喉舌而努力。右老一生，做的都是大事，而不是大官，足爲報人楷模。

貳、神州日報

右老所辦的報紙，最早的是「神州日報」。神州日報的發起人，除右老外，尚有葉仲裕、金懷秋、王博沙、王壽臣、張俊卿等，他們都沒有錢，才推舉右老赴日募股。　國父支持右老籌組陝甘豫晋四省旅日同鄉會，右老被推爲第一任會長，並由同鄉的幫助爲神州日報募得了三萬元股款。離開東京時，　國父任命爲長江大都督，囑他相機行事。

回到上海，又經兩個多月的籌備，「神州日報」於光緒三十三年（一九〇七）二月二十日（四月二日）在上海創刊。神州日報的第一特色，是廢清帝年號，改用甲子。第一天的發刊詞，由楊篤生、王旡生、李夢符三個人共同執筆。楊篤生是因刺吳樾案亡命日本，由右老特約他回國幫忙。王旡生工駢文，是揚州人。李夢符陝西人，是當時有名的翰林，因思想問題被革職。由他們三個人來寫第一篇發刊詞，代表了神州日報的革命精神。

在思想方面，致力於民族精神的發揚。報以「神州」爲名，就是爲了容易喚起人們的愛國主義情感。右老當時說：「顧名可以思義，就是以祖宗締造之艱難，和歷史遺產之豐富，喚起中華民族之愛國思想。」

由於清廷對革命報刊檢查很嚴，神州日報爲求立足於上海，只好採用旁敲側擊的文筆，引用海外報紙報導，披露官方漏洞，巧妙地向國人傳遞革命的情勢，和各地武裝起義的消息，揭露列强瓜分中國的陰謀，喚起民衆光復中華的信心。

右老自任神州日報社長，且任復旦、中國公學兩校國文教員。同時，在復旦法文班隨馬相伯就讀。一度還曾任馬相伯的私人記室，按月支薪。他的忙碌可以想見。

神州日報刊行不到一年，一紙風行，受到各界的重視。不幸，光緒三十四年二月（陽曆三月），正當神州日報蓬勃發展時，卻因隔壁廣智書局的不愼起火、而遭到池魚之殃。時當春寒，晚間多生火爐取暖，書局裡的一個店員，晚上値班時，因貪酒大醉，忘了熄火，不但燒了書局，也使神州日報陷入火海。使神州日報元氣大傷。不但燒掉了房屋設備，也燒出了不少人事糾紛。楊篤生去了英國，右老也辭去職務，離開了報社。神州日報雖燬於火，但因曾事先保險，獲得一萬元的保險賠償費，尚勉能維持，可惜骨幹既去，風格不再，拖到民國五年終告停刊。

參、民呼日報

右老離開神州日報，立刻籌創「民呼日報」。陝西柏小魚、龐青城、張人傑、周柏年諸先生，都給了他或多或少的幫助。光緒三十四年（一九〇八年）八月一日（陽曆八月二十七日），右老在上海各報刊登啓事、宣佈他另辦新報計劃，他說：「鄙人去歲創辦神州日報，因火後不支退出，未竟職志，今特發起此報，以爲民請命爲宗旨。大聲疾呼，故曰民呼，闢淫邪而振民氣，亦初創神州之志也。……」

由於籌款不易，拖到次年（一九〇九）九月十五日，民呼才正式出版。出版前十多天，他又在各報刊登廣告，要點有：

一、本報實行大聲疾呼，爲民請命之宗旨。

二、本報爲純全社會之事業，所有辦法，是係完全股份公司，不受官款，不收外股。故對於內政外交，皆力持正論，無所瞻徇。

三、本報編輯總目，凡分三大部，曰言論之部、曰紀事之部，曰叢錄之部。其餘各子目凡二十餘，如外論、佚史、吉光片羽錄、陸沈小識諸門，其特色皆爲本報所獨有。

一九〇九年，五月十五日，民呼報創刊號終於正式在上海出版。一上市就銷售一空，頭版頭條位置是社論，題爲「民呼日報宣言書」。社論說：「民呼日報爲何而出現哉？記者曰：民呼日報者，黃帝子孫之人權宣言書也。有世界而後有人民，有人民而後有政府，政府有保護人民之責，人民亦有監督政府之權。政府而不能保護其人民，則政府之資格失；而人民不能監督其政府者，則人民之權利亡。」由此可以知道民呼日報的基本立場。

民呼日報的版面和內容，除廣告、畫頁外，大致分言論、記事、叢錄三部份。畫頁的主要內容是諷刺畫和小說畫，如題爲「勢不兩立，官肥民瘦」的諷刺畫，都非常豔光幽默生動，寓意深刻，針砭時弊一針見血，很受讀者歡迎。從一版到四版，每一體裁，每一文章，都能聽到爲民請命的呼聲和正義的吶喊。

爲了表達自己爲民請命的決心，創刊號的民呼日報上，也鄭重地公佈了自己辦報的十大要素：

一曰志。志在大慈大悲，救苦救難。

二曰仁。憂人如己，苟利於人則爲之。
三曰義。急人之急，善善而惡惡，如江河之決，不可終。
四曰智。社會有不善，未嘗不知，自元惡大憝，細奸私匿，視之如燭照而數計也。
五曰勇。知無不言，言無不盡，白刃可蹈，而口不可關。
六曰公。自天子至於庶人，皆直切言其得失，無所偏袒。
七曰潔。譽之者非其有恩於我，毀之者非其有怨於我。嚼然盡力於社會，而不希絲忽之報。
八曰忠信。其志所在，始終如一，忠於社會，忠於國家，永不背叛。
九曰諷喻。有直言之者，有委屈以言之者，故惟選詩歌小說之文，多其方以誘導社會。
十曰財力。必有充份之金錢，足以供調查社會種種之事實，及預備議論、文學之材料。

以上十點，有點像後來天津大公報所標榜的「四不」，但立場似更堅定，鮮明。民呼日報本上述宗旨，乃大力宣傳民族主義思想，揭露清廷官場的黑暗和各種社會弊端，鼓動民衆起來革命。

身爲報館主持人的于右任，經常以「大風」的筆名，發表精闢的政論文章，爲民生、民權大聲疾呼。他在創刊號上發表的第一篇文章，是只有幾十字的「元寶歌」，歌詞是：

一個錠，幾個命，
民為輕，官為重；
要好同寅，壓死百姓。
氣得紳士，打電胡弄。

問是何人作俑，樊方伯發了舊病。
請看這場官司，到底官勝民勝？

歌詞通俗易懂，但寓意深刻，只簡單幾句話，就刻劃出貪官汚吏漁肉百姓的醜惡嘴臉。當時上海的報紙，不是粉飾太平，圍攻革命，就是逐日刊載凶殺，詐騙等社會新聞，甚至桃色新聞，以取悅讀者。因此，新創刊的民呼日報，使社會大有耳目一新的感覺，對腐敗的社會現象，指名道姓地進行了毫不留情的口誅筆伐，更可以說是言人之所未言，道人之所不敢道。

於是，民呼日報的銷路直線上昇，這樣不獨惹起官方的痛恨，也深爲報界所嫉視。終因抨擊陝甘大吏升允，而被升允假甘肅賑款事所誣陷，右老因之入獄，凡是被民呼日報所抨擊過的敗類，都羣起而攻。後來雖因事實大白，和中外正論的壓迫下，右老得以獲釋，但民呼日報竟因此而停刊。

民呼日報和右老被誣陷經過，就現有資料，是由於下列原因：

當時西北地區的甘肅省，因連年荒旱，飢饉蔓延，出現了吃人的慘象。當時的陝甘總督升允卻漠視飢民於不顧，甚至隱瞞事實眞相。爲此，民呼日報連續發表了「論升督漠視災荒之罪」、「甘督升允開缺感言」等文章。對甘肅災情作了眞實的報導，對升允的醜惡行徑，作了無情的揭露。當時報上有一篇「如是我聞」的寫實，記述了甘省飢民的慘狀，文中說，一老嫗困臥樓中，饑餓難耐，以微弱顫抖之聲音，令其蓬首垢面的女兒珠兒，到樓外尋找草根，煮食充飢。女兒到樓外一片荒野赤地中，摳得指甲漬血，好不容易剜得草根一掬，歸告其母，而母卻不復在，唯見地上留有少許血痕。蓋已被人生食也。女兒一慟幾絕，當夜鄰居聞其嚶嚶泣，翌日竟不見出，亦不聞聲，再往視之，則女兒亦不知何處，唯見殘骨數段，蓋亦為人食也。報導據此義憤陳詞：「升允之肉較嫗肥百倍，甘民竟不剖食之，意者甘民雖餓，猶擇人而食乎？」凡稍有人性的國民，讀了這則報導，誰能不為之憤慨，拍案而起呢？

右老和他的報社同仁，一面用自己的良心和犀利的筆鋒，眞實地披露這些慘不忍睹的社會現象，一方面本著「人飢己飢」之旨，在民呼報上仗義發起募捐救濟災民的活動。由於民呼日報的號召，社會各方響應，很多人慷慨解囊，捐款救災，交民呼日報代轉。中國報紙參與社會賑災工作，可以說是由民呼日報創始。

受到民呼日報抨擊和刺痛的清廷權貴，自然惱羞成怒，在民呼日報接受各界募捐，成立機構的第五天，升允就以「侵呑賑款」的罪名相誣陷，迫不及待的電令上海道蔡乃煌，對民呼日報厲行查糾。蔡乃煌立即和上海公共租界總巡捕房相勾串，於六月十七日拘押了右老和陳飛卿。

對誣告者的陰謀，右老心裡很清楚，他一再叮囑去看他的人：「報紙絕不能停刊。」從八月三日起，民呼日報一連刊出十多篇特別啓事，向讀者披露指控案的審訊經過，伸明自己的正義立場。讀者同情和聲援的信件，雪片飛來，民呼日報都予以刊載。淸廷上海當局，先是强令停止了民呼日報的郵寄許可，繼而禁止發售，甚至操縱一些流氓打手，在街上搶奪報童手裡的民呼日報，在街上燒掉。八月十三日，民呼日報發表「民呼日報與于右任之生死」的社論，說：「本報主筆于右任，橫受飛誣，身囚囹圄，審訊稽遲。酷暑炎天，死生難測。加以官家痛恨本報已入骨髓，大有不與並存之勢，故其最後之對待，必以本報存亡為唯一之目的。近復日月言無諱，謂民呼不停，右任萬不能釋。推其用心一若死一于右任，封一民呼報，彼官家即可高枕無憂矣。嗚呼，其一不思之甚矣。

夫民呼報因于右任而出世，是先有于右任而後發生民呼報。天地間如于右任其人者，正不乏人。雖死一民呼報，安見不有千百之于右任，出而重建千百之民呼報，以大聲疾呼為民請命，以繼于右任之志。」

不過，右任的報社同仁，都知道一天報紙不停，右老一天不會獲釋。經過一再商量，大家決定停刊民呼日報，以換取于右任的自由。因而在八月十四日的民呼日報上，發表了聲明停刊的「本報重要廣告」，同時刊登了一篇言詞悲壯的與讀者告別書：「嗚呼！民呼日報何不幸有今日耶？今日何日？而為民呼報及閱者諸君暨天下同胞長別之日耶。雖然長別者，民呼日報之名義耳。不死者，民呼日報者之靈魂也。」

民呼日報從創刊到停刊，雖然只有九十二天，但銷行已逾萬份，在當時算得上是了不起的數字，其影響之大自亦不言而喻。正如報社同人所料，清廷視民呼日報為眼中釘，此釘一除，上海會審公解在八月二十九日判于右任「逐出租界」了結了這一轟動一時的公案。

肆、民吁日報

民呼日報停刊，上海的清廷權貴，和民呼日報抨擊過的貪官污吏，都自鳴得意，認為已徹底把于右任和民呼日報打垮，一般社會大眾，也認為民呼日報從此一蹶不振，再也爬不起來。沒想到，在民呼日報停刊四十五天後的九月二十九日，上海各報同時刊出了「民吁日報」的出刊廣告：

本社近將民呼日報機器生財等一律過盤，改名民吁日報。以提倡國民精神，痛陳民生利病，保存國粹，講求實業為宗旨。仍設上海望平路一百六十號內，即日出版。內容外觀，均擅海內獨一無二之聲價。

廣告刊出後四天（一九〇九年十月三日），「民吁日報」正式發刊。新創刊的「民吁日報」，從版面到內容，都繼承了「民呼」的形式和精神。「民呼」改「民吁」是右老親自設計。他說：「民呼報被停刊，等於人民的兩個眼睛被挖。民不敢聲，唯有吁耳。」

不過，他因已有前科，不便自己出面主持，請他的好友朱保康擔任發行人，范光啓擔任社長，談善吾擔任主筆，他自己退居幕後，但仍負實際的責任。

這時候的中國社會，正處於新的覺醒和劇烈的變革中。隨著愛國主義思潮的廣泛傳播。各省人民反對列強控制中國經濟命脈的鬥爭風起雲湧。如山西、山東、安徽、四川、雲南等省，出現的收回礦權，和江、浙、兩湖的保路風潮，都在這一時期出現。「民吁日報」對這種覺醒，寄予了極大的關注。在報紙宣傳上，他們一面大量報導各地保路保礦的鬥爭；一面揭穿清廷對外國列强狼狽爲奸，玩弄「假贖礦，眞拖延」、「假立憲、眞賣路」的陰謀。

這年的十月二十六日，東北的哈爾濱，發生了一件轟動中外的爆炸性新聞：朝鮮愛國志士安重根，刺殺了日本前駐朝鮮監督伊藤博文。對這一大快人心的消息，上海的很多報紙怕引起「國際交涉」，不敢披露，只有「民吁日報」，用大字標題做了報導，並且配發了評論指出，日本垂涎中國東北，侵吞中國的野心由來已久，「伊藤之滿州旅行，非獨爲滿州，爲全中國也。」接著，「民吁日報」於十一月十六日和十七日兩天的報紙上，載文披露了日本方面，要求錦齊鐵路建築權的若干事實，對日本妄圖掌握中國經濟命脈的狼子野心作了揭露。日本駐上海領事館，爲此照會上海地方當局提出抗議，要求對「民吁日報」「論說不當」迅予懲究。上海當局驚恐萬狀，在十八日就下令查封了「民吁日報」，並且傳訊了社長范光啓。

對當局這種媚外欺內的行爲，上海各界紛紛集會抗議。「字林西報」和「英文捷報」，也都著文批評。但會審公廨爲了討得日人的歡心，竟於十一月十九日强行裁決，判決民吁日報永遠停刊，機器不准作印刷報紙之用。

民呼日報發行了九十二天，民吁日報的壽命更短，只有四十八天。于右任不但被逐出租界，上海道並派人祕密跟蹤，監視他的行動。于右任不得不東躲西藏，過著居無定所流浪生活。他常常衣袋空無一文，等著朋友救濟。五十年後，他曾經和他的朋友黃季陸談起這一時期的經歷。根據黃季陸的回憶：

當時，我問于先生流亡期間，還有什麼難忘的事嗎?他說：「在民國紀元前三年，民吁日報被查封後，清吏蔡乃煌正四處追拿我。我困守在一家小旅館裡，和孔在陳絕糧時一樣，無計可施。有一位同志很同情我，但是和我一樣的窮，真是愛莫能助。當他經過馬路旁一家燒餅舖，乘主人不注意時，取了幾個燒餅放入懷裡，拔腿便跑。不幸被店主察覺，一面大喊捉賊，一面窮追不捨，終於把那位同志捉住，路人和鄰居數人將他圍著飽以老拳，打得他滿面是血。後來看他相貌斯文，不像是作賊的模樣，又怕打得太厲害，打出岔子來。因此問他為什麼要做這種犯法的事?這位同志據實以告。是為了救濟在旅館裡飢餓的朋友才出此下策。這位主人倒很開明，不但不再追究，而且還主動送了幾個燒餅給他。當我們兩人在旅館中享受這幾個燒餅時，禁不住抱頭痛哭起來。

直到這年冬末，馬相伯出任復旦校長，請于右任擔任復旦公學的國文教習，才解決了于右任的生活問題，也使右老有了一個庇身之所。

右老解決了生活問題，又開始想到辦報。要辦報，就得有廠房、機器和資金。但是，民吁日報的機器，因不准供印報用，已經轉賣給商務印書館，所得有限，絕難用以辦報。

在辦民吁日報以前，右老遭喪父之痛，現在又陷入這種不幸的環境，心情惡劣可知。一九〇九年十二月，他返鄉爲父親移靈時，寫給朋友一首詩，可以看出他當時的心境。這首詩是：

去歲省親病，潛行入關內。
兒留親不安，親老兒莫待。
今歲復歸來，徒灑孤兒淚。
牽車古所哀，守墓今非智。
麻衣殉墓中，匆匆避緹騎。
月明思子台，往來慚無地。
為念諸故人，納亡多高義。
余生報無時，中夜不能寐。

伍、民立報

于右任為父親辦完了喪事，又匆匆的回到了上海。也就在這時候，他時來運轉，在一個晚上，一個陌生人來看他，自我介紹，說他是上海南市商會的會長沈縵雲，因佩服右老的辦報勇氣和精神，特地來捐贈一筆錢給他辦報，說完就給了右老一張支票，並且說他自己不便出面，介紹他另一個叫王步瀛的朋友，作為聯絡人。右老問他有什麼條件，他說：「我唯一的條件，是希望你讓我幫助你。」說完，就和王步瀛匆匆告辭。

除了沈縵雲以外，還有不少人，如柏惠民慨助八千元，龐清城、張人傑、孫性廉、周柏年等人也都出了不少錢。

有錢好辦事。一九一〇年十月十一日（宣統二年九月九日），右老所創辦的第四個報紙——民立報終於問世。把「民立報」的創刊日期訂在重陽節，是因為十七年前的這一天，孫中山先生在廣州發動了第一次武裝起義，含有紀念的深意。

右老在創刊號上，寫了一篇發刊詞來闡揚「民立」精神。其中有幾段文字，最使人耳目一新：

> 秋深矣！鳴蟬寂矣！草木漸搖落矣！……而孰意萬卉將零之時，獨有植立於風霜之表，經秋而彌茂者，此何物？吾愛其色，吾慕其香，吾特敬其有超出凡卉之氣概。
>
> 蘭有秀兮菊有芳，懷佳人兮不能忘。當物而思，其思深矣。……此佳節之中而產民立，天之厚民立，民立敢不自重。大凡一杰物之出現此社會，與此社會即有際地翻天之關係，否則新事業無異

乎陳死人。徜其適宜於此社會也，雖百劫而不磨。是以有獨立之民族，始有獨立之國家；有獨立之國家，始能發生獨立之言論。再推而言之，有獨立之言論，始產生獨立之民權，有獨立之民權，始能衛其獨立之國家。言論也，民權也，國家也，相依為命，此傷則彼虧，彼傾則此不能獨立者也。……秋高馬肥，記者當整頓全神以為國民效馳驅。使吾國民之義聲，馳于列國；使吾國民之愁聲，達于政府；使吾國民之親愛聲，相結相近于散漫之同胞，而團結日固，使吾國民之嘆息聲，日消日滅于恐慌之市面，而實業日昌。……以培養吾國民獨立之思想。重以世界之知識，世界之事業，世界之學理，以補充吾國民進立于世界之眼光。

從寫這篇發刊詞到辛亥革命前，右老以「騷心」或「騷」的筆名，在「民立報」上發表了二十多篇社論。當時的清廷，正致力於「憲政」，民衆有的期望立憲成功，有的期望「自力改革」的出現。右老發表「論國民最近之心理與今後之責任」，指出這些期望都不會實現，眞正的救國途徑，是團結一心的革命奮鬥。

這時候的于右任，三十三歲，正處於大革命的前夕。他掌握了時代的動脈，不是隨俗浮沉，而是鼓動民衆，向革命的浪潮前進。

所謂「時勢造英雄，英雄造時勢」，可以說是于右任在辛亥革命前後的寫照。他不僅使自己成爲時代英雄，成爲創造歷史的人物，也因他所辦的報紙，網羅了不少革命志士。右老在其「神州、民呼、民吁、民立四報之編輯人與經理人追憶錄」中，指出曾在編輯部工作的三十二人，其中三十人曾任編輯。這三十人半數爲神州日報以來就追隨右老辦報的舊友，半數爲民立報創刊後延聘的新進。其中宋教仁、呂志伊是同盟會中堅幹部。就發表文章的分量和影響力來說，以宋教仁、范鴻仙、呂志伊、徐天復、王旡生、譚善吾、張季鸞、葉楚傖等八人爲最，他們和民立報的關係較密切，影響也極爲深遠。

陸、于右任所辦報紙的影響

從神州到民立報，右老所辦的四種報紙，計神州日報發行於一九〇七年四月二日，次年三月因大火，右老退出，不到一年。民呼日報創刊於一九〇九年五月十五日，同年八月十四日被迫停刊。四十九天以後，亦即一九〇九年十月三日民吁日報創刊，到同年十一月十九日被迫停刊，僅發行了四十八天。民立報於一九一〇年十月十一日（宣統二年九月九日）在上海創刊，至民國二年九月四日停刊，共發行了一〇三六號，不但出刊時間最長，影響也最大。

民立報的發展，可分爲兩個階段，自創刊迄辛亥三月廣州之役爆發爲一階段。在這時期，民立報的言論，集中在對日、對俄、對英交涉等外交問題上，兼及清廷立憲和各省立憲派人士的活動，態度尚稱溫和。自廣州之役和中部同盟總會成立以後，民立報的立論傾向於革命思想的鼓吹，和革命行動的激揚。

「三二九」之役，和民立報有密切的關係。民立報的幾位主筆和記者，如宋教仁、陳其美等，都秘密赴港，參與了統籌部的工作。右老因無法分身，只好坐鎮上海，他也以未能參與爲憾。從四月一日起，民立報開始報導「三二九」廣州起義的消息，二日起開始發表評論。其後逐日刊載有關此事的報導和言論，黨人被捕就義情形和照片、傳略、遺作等，歷數月之久。

民立報上承東京「民報」的精神，下啓上海「民國日報」的開創，在革命報刊中，發揮的威力最大，影響也最深遠。

于右任和他的同事，不但利用民立報來抨擊清廷，鼓吹革命，並且實際參與了革命行動。「三二九」之役後，上海革命黨人感到有設立統一組織，以聯絡長江下游革命行動的必要，於是在一九一一年七月三十一日，在上海秘密成立了中國同盟會中部總會。首次成立會中簽名的二十九位黨人中，民立報的主筆宋教仁居第一位，其次是陳其美，范鴻仙、呂志伊也都在內。他們的通訊處，都寫的是「民立報」，被推爲總務會議長的譚人鳳，奔走各地，每次到上海都住在民立報。民立報不但是革命黨的言論機關，也成了組織機關。

武昌起義，消息傳到上海，二十一日的「民立報」不但以頭條新聞報導，也同時刊出了于右任的短評「武昌之變」，可以說是國內報刊最早評論武昌起義的文字。

民立報對民國開國的更大貢獻，是邀請孫中山先生回國主持政局，並立即獲得各方表示同意的反應。十一月十七日，「民立報」第一頁專電欄，刊出了「本報接孫君逸仙自巴黎來電」的專電，電文的開頭是：「民立報轉民國軍政府鑒……。」中山先生的這封電報，被認爲是發表對國是的第一次主張。而中山先生把拍到國內的第一通電報，直接拍給「民立報」，要「民立報」轉民國軍政府，無異確認了「民立報」在革命黨的地位，使「民立報」不但是革命黨的代表機關，也是發言機關。

爲喚起國民的注意，在十二月二十日，「民立報」上，馬君武執筆的社論，「記孫文之最近運動及其人之價值」，向讀者介紹中山先生的行誼。十二月二十一日，中山先生到香港，率胡漢民等北上，「民立報」主筆徐天復（血兒）在中山先生到上海前一日（十二月二十四日），發表「歡迎孫中山先生歸國辭」，推崇中山先生是「中國近代之大人物」，爲「東亞自由之神」。

中山先生就任臨時大總統，組織內閣，「民立報」入閣的有呂志伊，任司法次長；景耀月任教育次長，馬君武任實業次長，于右任任交通次長。總長只是掛名，實際上是由次長負責。九位次長中，「民立報」的人就佔了四位。此外，尚有宋教仁出任法制局長，方潛出任南京府知府，康寶忠、張季鸞和王旡生則任總統府秘書。吳忠信是首都南京的巡警總監。一家報社有這麼多人同時出任政府要職，對政府具有這麼大的影響力，眞可以說是空前絕後。

袁世凱稱帝，迫害革命黨人，民立報又擔負起筆伐的重任。二次革命失敗，袁世凱摧殘報業。對作爲國民黨機關報的「民立報」，袁世凱恨之入骨，令上海警方干涉民立報的發行。右老堅持到民國二年的九月四日，終因不堪環境壓迫，忍痛宣佈停刊。

民呼、民吁、民立，和國民革命同呼吸，同成長，成爲研究中國現代史的一手資料。右老從神州日報起，提倡新聞文學化，提倡新聞道德，提升報格，爲革命報紙塑造了崇高的典範；爲服務社會，爲鼓吹革命，不惜停刊廣告，這些又豈是今天的商業報紙所能望其項背？我們可以說：右老和他所辦的報紙，對辛亥革命的成功，與中華民國的誕生，都有直接而最輝煌的貢獻；現在右老已經作古，他的報紙亦成歷史，但報魂不死，他的精神也將永垂青史，浩氣長存，永遠爲國人所懷念！

參考書目

一、于右任，我的青年時代。台北：正中書局，民國四十二年。
二、于右任紀念集。台北：于右任治喪委員會，民國五十五年。
三、王成聖，于右任傳。台北：中外圖書出版社，民國六十二年。
四、李雲漢，于右任的一生。台北：記者公會，民國六十二年。
五、陳祖華，于右任創辦革命報紙之研究。台北：于右任紀念館印行，民國五十六年。
六、張雲家，于右任傳。台北：自印，民國四十七年。
七、劉鳳翰，于右任年譜。台北：傳記文學出版社，民國五十六年。
八、陳四長、潘志新，民國奇才于右任。北京：中國青年出版社，一九八九年。

（本文作者現任政大新聞研究所教授）

清操厲風雪　典型在夙昔

略論于右任先生的生平志業、革命情操及人格典範

■陳祖華

一、前言

二、右任先生對黨的貢獻

三、右任先生對中國新聞事業的貢獻

四、右任先生對中國監察制度的貢獻

五、右任先生的革命情操

六、黨人典範

一、前言

最近這段期間，因爲華隆公司低價賣出股票而引發的所謂官商利益輸送案，使國人對於某些政府高級官員的操守及作爲打上問號，不但有損政府的形象，也使民衆對政府的向心力打了折扣，更可能導致許多價值觀念的扭曲，其不良影響是相當深遠的。

就在這個時候，文工會以黨國元老于右任先生的生平志業，作爲現代學人研討會的主題，個人覺得深具意義，因爲于右任先生在豐功偉業之外，其操守之廉潔，生活之簡樸，一絲不苟，一介不取，甚至「以窮是我的光榮，也是黨和國家的光榮」自持，與當前社會上舖張揚厲，奢靡成風的現象相對照，實在使人感慨良多。爰就個人對于右任先生的認識作一簡單報告，拋磚引玉，期能重振革命精神，發揚本黨優良傳統，以爲全民表率。

二、于右任先生對黨的貢獻

于右任先生原名伯循，後以字行，祖居陝西涇陽斗口村，世業農，父新三公始遷三原。生於清光緒五年（公元一八七六年），卒於民國五十三年，享年八十六歲。

先生的革命思想萌芽甚早，民前八年，先生年廿六歲，赴開封應禮部試，時因刋半哭半笑樓詩集，中多譏諷時政，批評滿清腐敗，倡言革命之詩句，如「革命方能不自囚」之句，三原令密告於陝甘總督升允，指爲革命黨，升允即以「逆豎倡言革命」入奏。淸廷下諭，革去舉人，並嚴令通緝。因得世丈李雨田專差送信，乃亡命上海。從馬相伯先生召入震旦學院讀書，並易名劉學裕。

右任先生年譜記載：民前七年，震旦學院以外籍教員干預校務罷課，先生與同學葉仲裕、王公俠、張軼歐等籌辦復旦公學。後留日諸同志，以取締風潮歸國，先生復與王敬方、張邦傑等發起中國公學，兼任兩校國文講席。兩校皆爲日後革命教育之溫床。後籌備神州日報，赴日本考察新聞事業。經由康心孚先生介紹，謁見　國父，並加入同盟會。這是先生正式加入中國國民黨，終身獻身革命事業的簡單經過。

右任先生生平最崇仰　國父，他生前常向朋友說，中國革命史，就是中國國民黨黨史；而　國父的精神思想行爲，尤支配著中國國民黨的一切。因此，他認爲，　國父的精神思想行爲，實爲中國革命史的中心。

關於右任先生初次晉謁　國父的情景，神秘而且相當戲劇化，據右任先生十年所親撰「國父行誼」所載，他於民國紀元前六年九月到日本，向華北各省留日學生募集神州日報股本及購買印刷機器，神州日報是右任先生在上海首創的一張革命報紙，但是那次右任先生到日本主要目的，是要晉見亡命海外的　國父孫中山先生，由於當時情況惡劣，公開見面，不特孫先生不便，右任先生也同樣不便，因爲他還要歸國工作，必需防範清廷爪牙。後來經過陝西同鄉康寶忠（心孚）先生的佈置與介紹，見到　國父。在那一天晚上，由康寶忠引導右任先生進入一所秘密的小房間內，房內只點了一支洋燭，光線很暗，當時　國父和右任先生談了很多話，並立即寫了誓約加入了同盟會革命組織，從此以後，他成了革命行列的基幹，國父的忠實幹部。

右任先生生平做事勇往直前，積極樂觀，和對革命事業的堅定信心，完全是受了　國父思想精神的薰陶的緣故。民國十一年六月陳炯明叛變不久，右任先生主持陝西靖國軍在西北苦鬥四年之後，右任先生往上海晉見　國父，他以爲革命事業遭到一連串挫敗，大家一定很頹喪。但是　國父當時反而很興奮的向右任先生說「我不久就可以平定廣東，你不要灰心，大家打起精神來，前途是樂觀的。」本來　國父生平遇到無數次的失敗與挫折，從不灰心，但是這一次陳炯明叛變，連革命根據地都失掉了，情況確實很糟。但是當時　國父給右任先生的印象，仍是天下事大有可爲，雖在失敗之後，從未退縮。而　國父當時給革命同志的指示，又進一步的把每個人的膽量與勇氣鼓舞了起來。果然，十二年一月國民革命軍收復了廣州。這件事右任先生的感受最爲深刻，所以右任先生生前，對革命事業必定成功的信心，是非常堅定的，就是受了　國父的精神感召。

資深監察委員，也是右任先生生前至交名書法家劉延濤先生，於右任先生逝世後，曾在中央月刊撰文記述這位老黨人與黨的關係，文中指出，右任先生對黨的主張與言論，可約爲：

一、一切權力屬於黨——這是西安解圍後，先生親筆書石樹於黨部門口的七個大字。字體是魏碑兼行書，字大尺餘，氣勢雄奇，行人經過，必止步注視，若有深省。這一句話代表著右任先生對黨的觀念，這種字體，也象徵著當時革命黨人高岸的氣魄。

二、黨內無派——在王陸一先生任中央黨部秘書長之時，先生首次告誡他的一句話就是「黨內無派」，不許有任何小團體、小組織。故他一生從未參加任何派系，唯其如此，有時可以片言解紛，因其立場公正，受人尊崇。

三、官可不做，黨務不讓——在大陸時，先生嘗說政府中一切官職他都可以不要，但中央黨部的常務委員則當仁不讓。這也就是總理所謂作大事不必作大官的意思。右任先生對黨的一切決定，絕對遵守。來台後，因年事日高，外間所有邀請演講多加婉謝，但黨部如有邀請則必往。五十二年開國紀念日至黨部致詞時，已足腫瘖，但仍力疾支持，五十三年開國紀念日，黨部因先生身體狀況不佳，未請其報告，事後先生感慨的說：「看樣子我是不行了。」聞之令人不勝淒然。

四、對　總理遺敎的見解——①思想方面，右任先生常說三民主義不獨是我們復國建國的寶典，也是爲萬世開太平的寶筏；②文字方面，右任先生說遺敎文字深入淺出，積學之士讀者，益見體大思精，一般人讀之，亦能理解無隔，此點最爲難得。唯後人於遺敎之闡釋每多難解之處，令人訝異。

五、對黨的批評——先生生前常說，我們與共黨鬥爭失敗的原因，是黨與主義脫節，從政同志與黨脫節，眞是一針見血的讜論。

右任先生一生服膺主義，信念至堅。嘗說：「政府可能失敗，但黨不會失敗；黨或可能失敗於一時，但主義決不會失敗。」平生總勸人多讀遺敎，贈人書籍，亦以遺敎爲多。卅八年時在廣州，每日下午，必謁黃花岡，徘徊鳳凰樹下，爲後輩講述先烈事跡。及廣州危急，作天淨沙曲：「中原萬里悲笳，南來淚灑黃花，開國人豪禮罷，採香盈把，高呼萬歲中華！」壯志豪情，可見一斑。右任先生嘗說：「先烈有先烈之黃花岡，吾人有吾人之黃花岡。彼丈夫也，我丈夫也！」最足以顯現其對黨國的悃悃忠誠。

三、右任先生對中國新聞事業的貢獻

右任先生早年辦過四份報紙，即神州日報、民呼報、民吁報及民立報，時間雖然都不很長，但是對於促成革命之成功有極大之貢獻，而右任先生辦報所表現的威武不屈風格，更爲後代記者樹立了很好的典範，因而被推崇為中國的元老記者。

右任先生自民國前五年廿九歲起，到民國二年卅五歲止，先後辦理四份革命報刊的經過，依據年譜所載，記述如下：

民前五年二月廿日，神州日報出版。當時名流如章太炎、馬相伯、黃晦聞等，皆對該報極為贊助。神州日報四字為張謇所書。執筆者有楊篤生、王旡生、汪允中等。楊篤生因刺吳越案亡命日本，為先生特別約請歸國者。神州日報廢除清帝年號，代以丁未，宣傳革命，痛陳時弊，出版未月，銷路即凌駕各報之上。

民前四年，先生年卅歲，神州日報出刊不及一年，即因鄰居廣智書局失火遭到波及，為再籌款事，內部發生人事問題，先生退出，另籌辦民呼報。是年八月一日在上海各報刊登啓事：「鄙人去歲創辦神州日報，因火後不支退出，未竟初志。今特發起此報，以為民請命宗旨，大聲疾呼，故曰民呼。闢淫邪而振民氣，亦初創神州之志也。……」

民前三年，先生年卅一歲。是年三月廿六日，民呼報出版，持論較神州日報更為激烈，清吏乃假甘肅賑款事，陷先生於獄，其後雖以事實大白，及中外正論壓迫下，先生得以獲釋，而民呼報竟以此停刊。民呼報出刊至六月十八日被封，計時不足三月，但其在當時影響人心至深。

同年八月十六日，先生創辦之民吁報出刊。亦即民呼之化身，改呼為吁，乃暗示人民的眼睛被挖掉了。神州日報之持論，多為民族精神之發揚；民呼報則注重於內政之抨擊；民吁報則又注重於國際正義之伸張。及韓國革命黨人安重根刺殺伊藤博文事件發生，民吁報更全力聲援。終因日本駐上海領事之脅迫，蘇松太道蔡乃煌扎飭會審公廨，並下先生獄，而使民吁報封閉，自出刊至被封，僅五十餘日。

民前二年，先生年卅二歲。九月九日民立報出版，此爲先生亡命時期，所創辦的最後報紙，亦影響革命力量最大的報紙。民立報持論，可分爲兩階段，第一階段重點爲揭發政府之黑暗，及資政院議員之無能；第二階段，鼓吹革命，報社成爲黨人聯絡指揮之中心。民立報執筆政者，如景耀月、呂志伊、馬君武、宋教仁、范光啓等，皆於民元出任政府要職。

民國二年，先生年卅五歲，二次革命失敗，民立報被迫停刊，先生東走日本。結束了七年的報業生涯。

縱論右任先生辦報之經過，其最大特色乃在於不畏強權，不管是清廷的壓力還是日本的干預，爲了一個崇高的理想，寧折不屈，舉例言之，神州日報停刊後，立即出版民呼報，由於民呼報對貪官污吏的攻擊不遺餘力，銷路更非上海其他各報所能比擬，不獨惹起官方的痛恨，報界也深爲嫉視，因而遭受圍攻。終於因抨擊陝甘大吏升允，被其誣陷獄中。那年右任先生家鄉陝西大旱，右任先生與同鄉組織賑災委員會，一月餘即募得銀元十四萬元，是款解繳後，升允竟誣告右任先生舞弊，遂被捕入獄，在獄一個月零七天之後，雖因眞相大白，及中外正論的支持，得以獲釋，而民呼報卻因而停刊。

神州及民呼的短命夭折，並未挫其辦報的意志及革命的決心，相反的更再接再勵，繼續奮鬥，因而又創辦民吁報及民立報，而民吁報揭發日本暴行及侵略中國的野心，更予日本帝國主義沉重的打擊，終在日本的淫威下，被迫關門。

右任先生認爲，一個新聞記者應該具有威武不能屈、貧賤不能移、富貴不能淫的高貴情操，他對後輩記者也往往以此相勉勵。記得在筆者業師名記者于衡先生府上，就曾見過右任先生大筆書就的這十五個大字，由此可見，右任先生不但自己身體力行，更視爲新聞記者的最高道德標準，國人尊稱右任先生爲元老記者，確可當之無愧。

另一方面，右任先生致力新聞界的革新，雖然時至今日，猶有其時代意義。中國早期的新聞事業，以今天的標準來看，是不夠標準的，而各有立場，或爲謀取私人利益的工具，或爲政客所利用，令人不忍卒睹，右任先生在創辦神州日報時，在發刊詞中即大肆抨擊當時報紙的四大弊病：無的放矢，黑白不分；傳播謠言，不究實際；舖張瑣事，虛佔篇幅；黨同伐異，私而忘公。這四大弊病，不僅民前的新聞界如此，即時至今日，翻閱報紙，類似弊病仍所在多有，尤其報禁開放之後，此種現象更爲嚴重，中國新聞事業的前途，不能不使人感到憂慮。

四、右任先生對中國監察制度的貢獻

于右任先生於民國五十三年十一月十日下午病逝之後，監察院院會一致決議尊先生爲「監察之父」，這是監察院感念先生創立監察制度所表達的最崇高敬意。事實上，自民國廿年二月宣誓就任國民政府監察院長以迄五十三年十一月逝世，右任先生擔任此一職務先後長達卅三年又九個月，監察制度由初創到成熟，先生當然扮演了極重要的角色。

接替于右任先生出掌監察院的李嗣璁先生，曾在中央月刊發表「于右任先生與監察制度的創立」一文，對於于右任先生與中國監察制度之間密不可分的關係，有很詳盡的說明。文中指出：本黨中央常務委員會議於民國十七年十月通過監察院組織法，並任命蔡元培先生爲監察院長。十八年九月中常會以趙戴文先生繼任監察院長，但均未到任。至同年十一月，改選于先生爲國民委員兼監察院長，至于先生就職以後，監察院才算正式成立。于先生在各省區人才中遴選了十數人提請任命爲監察委員，並確立監察委員獨立行使職權的制度。其後監察委員名額逐漸增加，力量充實。又漸於各省區設立監察使及巡察團，使監察權行使的範圍擴充深入至全國各地，糾察官吏，遍查民隱和政情。

在監察院成立之初，所謂監察權其實只有彈劾權和審計權兩者。彈劾權是由監察委員行使；而審計權則由審計部行使，當對日抗戰時期，以受理彈劾案的懲戒機關屬於司法院，審議的程序繁複，決定處分遲緩，每多失去時效，不能發揮監察彈劾之效。抗戰時期軍事緊急更不能配合戰事之迫切需要，右任先生乃向中央請求增加糾舉權和建議權，使監察委員在戰地前方行使，可收速效。現行憲法中規定，監察權包括彈劾、糾舉、糾正、審計、同意等權，糾正權即係由建議權蛻變而來。唯新增同意權，對於司法、考試兩院院長、副院長及大法官、考試委員之任命，乃由總統提名，須經監察院之同意，亦可認爲事前監察之一種，五權分立制衡相輔合作的效能愈著，而其基礎卻都是于先生長期擔任監察院長逐漸創建的制度。

在領導監察院方面，右任先生也有卓越表現。李嗣璁先生指出，行憲前的監察委員都是出諸於先生的識拔與推荐，但他堅持一個原則，就是對於監察委員的糾彈案件絕不指使，亦不干涉，並制成法規（見監察法第十二條）極端尊重監察委員獨立行使職權，行憲後尤然。有一次某幾位監察委員爲了重大事件提出彈劾案時，他曾一揮老淚，感慨萬分，但是他絲毫未曾想發生一點的影響作用。他高尚的品德，巍峨的功業，和歷來爲建立監察制度的一切努力和貢獻，在監察院中，使人心折神服，晚年主持監察院，可謂「無爲而治，垂拱而成」，這又豈是任何人可以辦得到呢？

五、于右任先生的革命情操

右任先生一生多彩多姿，充滿著傳奇性的故事，更有數不清可歌可泣、轟轟烈烈的事蹟，謹就他平生幾則小故事及平居生活，來彰顯他的革命情操，足可爲我們的典範。

①革命先知 右任先生九歲時，師第五倫先生，强記理解，所讀經史子集能通其義，且能背誦。一日傍晚見鄉間父老農閑坐場圃聊天，先生往入靜聽父老說話。忽有二名差官到來，其勢汹汹，面目猙獰，不分青紅皂白，即劫持一純樸老農皮鞭相打而去。圍觀者皆失色，而右任先生則怒氣沖沖，擬挺身而救老農，而二差官已劫老農而去。右任先生即問身邊父老「此二人何許人也，何其兇狠如此。」父老告訴他是衙門差官。復問，差官就可如此無法無天嗎？父老應曰：「差官是知縣派來催糧的人，不顧百姓死活，一向如此。」先生追問：「知縣知否，知縣何人何姓？」父老面帶不耐的告訴他知縣也許知道，但知縣是滿州人，姓德名銳，因爲滿清把我們漢人打敗，做皇帝做官的都是他們，漢人只有當順民百姓。先生喟然而嘆曰：難怪百家姓上沒有他們的姓。右任先生又問：「漢族人這麼多，爲何不奮起打倒他們呢？」父老遂制止先生不許再言。于先生的革命思想油然而生，這不是革命的先知先覺嗎？時　國父正在南方醞釀革命，而先生與　國父尚未謀面，其革命思想興起，南北如出一轍，均是與生俱來的。先生生前曾向人說，他自幼就有一種大公無私，光明的理想，並有打抱不平的懷抱。先生八十一歲時嘗爲詩曰：「江湖俠子萬人呼」，即其自己之寫照。

②至孝感人 民前五年右任先生亡命上海，創辦神州日報時，執筆爲文的多爲革命同志，言論

激烈，傳播革命思想，當時清廷已將右任先生列入追捕黑名單內，情勢十分危急。而先生的父親新三公在原籍陝西三原臥病，非常思念在外逃亡的兒子，新三公的親友里鄰都認爲如果先生回籍探病，無異自投羅網，必有生命危險。但先生在上海獲得信息後，竟冒死秘密自上海間道回陝探望父病，新三公當時向他說：「今生能與吾兒見一面雖死足矣。」因時勢的迫促，先生告別病中的老父，拭淚重上征途，回到上海後，膾炙人口的詩句「不爲湯武非人子，付與河山是淚痕。」就是途中所寫。隔一年新三公病故，至孝的于先生，聞訊竟置生死於度外。晝夜潛行，至故宅，鄉里親友見之皆失色，先生痛哭不已，翌日新三公即行出葬，先生化裝送父靈於墓地，囑將孝服葬於墓中立即易服啓程潛逃，在清廷緹騎嚴密搜捕中逃脫虎口，先生生前把這件事歸之於天命，實則孝感動天，隱約中有蒼天保佑先生，使他完成他的事業，爲國家民族獻身効命。

③肝膽照人　民前四年，先生所創神州日報因鄰居失火遭到波及，爲策應革命，再創辦民呼報。因持論極端激烈，清吏忌之，假甘肅賑災事陷先生於獄，無辜被拘近四十天。時有福建義士同盟會會員革命先進邱于寄先生，慕先生之名而準備救援，不避風雨，逐日送飯，每相對時氣憤塡膺、熱血沸騰、慷慨論時弊。從此以後，二人情誼日篤，既爲同志，復成莫逆，數十年如一。待卅八年大陸變色，邱先生已臻老年，攜二外孫女隨政府來台生活十分清苦，右任先生竭力招呼，使無匱乏之虞。迄民國四十年邱先生逝世年八十有一，身後極爲蕭條，先生聞耗，十分哀痛，老淚縱橫，邱先生所遺二外孫女尚未成年，伶仃孤苦，情實可憐。先生專函政府撥款與邱先生所收奠儀幾萬元，除殯葬費用外，餘作二女生活與教育費用，此款一部分經人放出倒帳，先生聞訊立坐不安，但未作聲，即以利息貸款作爲墊付。當于先生於五十二年八月間入醫院時，一再殷殷叮囑要見二女，待二

女尋至時，于先生一手撫二女之衣，情倍親切，但先生心情似極黯然，告二女曰：「此款我已爲你們補起，這是支票，請妥爲保存，今後還要好好讀書。」這不是古道熱腸，肝膽照人的典型嗎？

④平居生活　右任先生向來律己極嚴，待人極寬，生活十分簡單並尚節約，一向布衣一襲、布鞋布襪，粗茶淡飯，尤好麵食，住的房子也不過普通人家模樣，至室內陳設更是簡單，尤其臥室窄小簡陋，竟出乎常人意想之外，除木床一張，只有書架，但古今線裝洋裝書籍陳滿架上。先生稍有閒暇，即拾卷在手，讀書寫字是先生的唯一嗜好，嘗說：「有學問才有眞富貴，沒有高深淵博的學問，難做成偉大的事業，我平生最遺憾的就是莫好好讀書，尤其不懂外國語。」其謙虛如此。

⑤平易近人　右任先生慈祥和藹，眞是長者風度。他生平交友無類，不論販夫走卒，達官顯要，都一律接見，並一視同仁，總是和顏悅色的與客人攀談，人有一言一行之美，常稱道不絕於口，絕不言人惡。間或遇到絮絮不休的客人，向來也沒有疾言厲色，表示不耐，總是保持和藹風度，聽著客人傾訴，所以與他接談，眞是如沐春風。他逝世以後，悼念他的人特別多，想必與此有密切關係。

⑥兩袖清風　右任先生不治私產，在原籍三原興辦斗口農場，曾在早年預定遺囑，文曰「余死後國有省有臨時定之。」先生既不愛錢，復不惜物，向以窮爲自己的光榮，黨國的光榮。直到先生逝世時，無一塊私地更無一間私產房屋，所留者僅幾張借款單據及書籍與札記而已。先生眞是赤裸裸而來，赤裸裸而去，在今天這個物慾蔽天，人人爭相競逐財富，任何毀法敗法之事都做得出來的社會中，右任先生此一美德益發令人敬佩。

六、黨人典範

葬我於高山之上兮，望我大陸。大陸不可見兮，只有痛哭。
葬我於高山之上兮，望我故鄉。故鄉不可見兮，永不能忘。
天蒼蒼，野茫茫，山之上，有國殤。

——故國之思

這是右任先生於民國五十一年一月廿四日所作的歌，故國之思，溢於言表。終先生一生，可以用爲黨國鞠躬盡瘁幾個字來形容。民國五十一年，在日記中有以下幾段記載：

一月廿日！我百年後，願葬於玉山或阿里山樹木多的高處，可以時時望大陸。（下署「右」字）旁註，山要最高者，樹要最大者。

又在本星期預定工作項目欄內——遠遠是何鄉，是我之故鄉。我之故鄉是中國大陸。不回大陸，不能回鄉，大陸乎，何日光復？

這幾段文字，將這位畢生奉獻於黨及國的偉人的情懷及心事，作了淋漓盡致的說明，絕無絲毫的矯柔造作，而其感人處正在此。

右任先生乃黨人的典範，乃略綴數語，以代結論：

①**浩然正氣**　右任先生一生最恨的是追隨　總理革命多年的老黨員爲了一時的權利，而反覆無

常，叛黨賣國，他天性稟賦上本就帶有幾分的俠骨義氣，以他在民國紀元前青年時代所作的詩歌來看，眞是慷慨悲歌，氣壯山河。他最喜歡替人寫岳武穆的滿江紅及文天祥的正氣歌，他一生的成就雖然是多方面的，但主要的精神和著眼點，還是革命，其志在救國救民。一個眞正的革命家，都是具有冒險犯難的勇氣，捨已利人的心腸，忠貞愛國的思想，始終不違背一個國家，一個政府，一個主義，一個領袖的原則。有次右任先生和一羣青年朋友談話時，有人提到大陸失敗究竟毛病出在那裡，他當時以前人的幾句話來解釋：「大丈夫行事論是非不論利害，論順逆不論成敗，論萬世，不論一生。」今天怪我們不爭氣也好，怪美國人沒有眼光也好，都是多餘的。假如我們來台灣後，人人都具有　總理和革命先烈的精神和氣節，何嘗不能復國，何嘗不能再造神州。這段話在現在說來，仍然是擲地有聲，發人深省，可惜大家似乎都忘了　總理和先烈的精神了，甚至連大專學的　國父思想、國父遺教課程，都在某些人的設計及推波助瀾下，面臨停授的命運，這個時候我們來緬懷右任先生的德業事蹟，除了感慨之外，更多的恐怕還是慚愧吧！

②公而忘私　右任先生替人寫字時，很喜歡寫「爲萬世開太平此吾輩之任也。」或寫禮運大同篇「大道之行也天下爲公」，又常寫「無私乃天道，不役是人倫」等句，可見右任先生持身立己的基本精神所在。他常說：「十個人中有一個成功，就算達到目的，總理當年革命就是百中求一，九十九次失敗，只要一次成功，就可推翻專制政權。現在反攻復國時期，衡量人才，不宜太苛，長於文者，必短於武。」我們與其說右任先生是一個自然主義者，不汲汲於名利，還不如說藏精明於渾厚，判利害於機先，所謂大智若愚是也。回顧今日政治人物，具有此種精神者，眞是鳳毛麟角，革命成了迂腐的代名詞，光復大陸更成了許多人士不敢觸及的敏感話題，隨著敵人魔笛的調子起舞，

眞不知我們一向標榜的革命精神何在。

③服務精神　總理常說：「人生以服務爲目的，能力大者服千萬人之務，能力小者服一二人之務。」又說「革命的基礎，在於高深的學問。」右任先生對這些指示，做得非常徹底。他從民前八年亡命上海起，畢生沒有久離過革命工作崗位，他在任何艱難的時候，都不放棄對黨對國應盡的責任。他在八十五歲生日時答記者問長壽之道時說：「就我所知，人間沒有什麼長壽之道，我們不要問壽有多長，我們只要問是否勤於自己的工作，祇要工作勤勉，問心無愧，壽命就一定長。」這種闊然大公的服務精神多麼令人欽佩，更値得黨內同志效法學習。

（本文作者現任歐洲日報總編輯）

■編輯部

綜合討論

時　間：八十年四月廿八日上午九時

地　點：台北市復興南路一段「文苑」

主　席：歐陽勛（前政大校長）

論文撰述：劉鳳翰（中研院研究員）

李　瞻（政大新研所教授）

陳祖華（歐洲日報總編輯）

特約討論：李雲漢（黨史會副主任委員）

張佛千（淡江大學兼任教授）

李普同（中國標準草書學會理事長）

薛平南（國立藝術學院講師）

張　力（中研院助理研究員）

列　席：蔡行濤（台北工專教授）

麥墀章（輔仁大學講師）

主席致詞：

用「俠」、「儒」二字來形容于右老，正可表現其爲人、操守的風範。他的愛國事蹟及詩詞、書法成就，大家都很推崇，實爲國士典型。今天我們在此紀念他，可謂深具意義。他擔任監察院長三十三年之久，對監察制度的樹立、範圍的確定、功能的增强都卓有貢獻，尤其難能可貴的是，他對監察權的行使，完全由監察委員獨立自主，院長不加任何干預、不作任何行政提示，其公正無私的柏臺風範，今日思之尤足欽敬。

右老的詩詞造詣甚高，早年的「半哭半笑樓詩集」諷刺時政，鼓吹愛國意識，是眞正的愛國詩人。右老的詩氣勢磅礴，音調鏗鏘，詞句平實而充滿憂時憂國、愛鄉愛民之情。但是與宋朝大詩人陸游媲美，他的「葬我於高山之上兮……」與陸放翁的「白髮蕭蕭臥澤中……」同有「但悲不見九州同」之恨。右老於抗戰初發起「民族詩壇」，並提倡以端午爲詩人節，來台後每年端午節他都邀詩人聚會，擊缽吟詩，倡導詩學，蔚爲風氣。他主張詩體革新，也提倡寫白話詩，著重發揚時代精神，易爲大衆所欣賞，走向居易詩風路線。其書法成就更爲人所熟知，風格獨具的草書有龍騰虎躍之勢，無論走筆佈局，無不通神入化，神妙無方，足以與王右軍的書法前後輝映。在座很多研究書法的專家，對我這粗淺的看法可能會首肯。

右老也是個報業家，他嘗言：報人要有人格，報紙要有報格。他辦報鼓吹改革，爲民請命，抱負遠大，値得新聞工作者效法。右老一生多彩多姿，成就偉大於平凡之中，雖位居高位卻絲毫不擺架子，非常不易。這樣一位功高望重、才藝超羣、光風霽月、平易近人的長者，實在令人懷念。

論文發表（略）

特約討論

李雲漢：

由於本人長期在黨史會工作，也長期研究中國國民黨黨史，並長期在政大講授中國現代史課程，所以今天我想舉出三件歷史上的事實，來說明右老與黨國命運的關係。

第一件事發生在民國十七年二月，中國國民黨經過了民國十六年的寧漢分裂，然後再度合作，決定在南京召開第二屆第四次中央執行委員全體國民會議。會上由三位主席共同主持：一位是譚延闓先生，可說是代表武漢方面的；一位是蔣中正先生，他代表南京方面的；另一位即是于右老，是第三者，也可說是代表全黨同志。會議中大家討論要如何重建中央、完成北伐統一大業。于右老獨自提出一個重要議案：集中兵力，限期完成北伐，他的提案被全會一致接受，並推蔣中正先生為北伐軍全軍總司令，限二至三個月時間完成北伐。此案一通過，大家精神為之一振，而蔣先生也不負所託，果然在民國十七年七月克復平津，完成北伐。右老在這次會議中之重要地位與提案，對中華民國歷史發展可說是發生了關鍵性的影響。

第二件事發生在民國二十年，這一年內憂外患紛至沓來，汪兆銘逗留上海，胡漢民已去廣州，加上九一八事變發生以後，在東北淪陷，全國人心惶惶，頗有不少人對前途感到憂慮，在此關鍵時刻，于右老卻認為，這正是革命黨人報國的時代、表現氣節的時代，也是中樞各領導人應當放棄私見，通過團結來拯救國家命運的時代。他極力呼籲奔走，促進黨的團結，當時國府主席蔣先生宣佈下野，中樞無主，因此，必須推舉一位國民政府主席，主持全局，中國國民黨在南京舉行第四次全國代表大會，大家都看重右老地位，不僅推右老主持開幕，更有意推舉于右老出任國民政府主席，但右老謙辭改推林森先生爲主席，右老此時之聲望及其在政府地位之重要性由此可知，而其當仁不讓、以國事爲重的精神，亦表現出一位政治家的風範。

第三件事發生在民國二十一年夏天。上海一二八事變宣佈停戰後，黨內便開始檢討國家大政方針，然而意見並不一致，如孫哲生先生即主張應停止訓政，實行憲政者，當時頗受到一些人的支持。孫哲生先生在黨內有特殊地位，又受過西方教育，思想很新，他在上海「時事新報」上發表文章主張暫停訓政，一年之內即召開國民大會制定憲法。這意見，在國難期間實在是過於草率，但當時很少人挺身講話，只有右老，也在報上發表文章，認爲事關國家大計，應考慮整體利益，應以 中山先生對訓政的設計爲中心，現在並不是開放黨禁、開國民大會的時機，而是大家振奮精神、團結一致的時候。右老此言一出，立獲各方支持，才將大勢扭轉。不過，中央也未忽略孫哲生先生意見，請他擔任立法院長，負責起草憲法，經三年之後終告完成，民國二十五年公佈，是爲「五五憲草」，可見制憲工作一年時間是無法辦到的，如果當時貿然進行，不僅黨內不團結，國家力量亦將無法承受後來的抗戰，因此，右老這種不顧私誼，只求國家大義的精神，實在令人欽仰。

張佛千：

我認爲，右老基本上是個詩人，浪漫詩人，他從事革命也是由於其浪漫性格，革命是要殺頭的，他卻覺得好玩，正是因其浪漫性格。他在上海辦報，清末有些優秀的革命黨人都逃到日本去，他卻不走，寧願手提著頭辦報，完全是不怕死的革命情操使然。

右老的詩，崇尚自然，不講技巧，卻自有其技巧，氣勢雄渾，充滿大氣魄，歷來藝術都是作者生命的表現，右老只有在詩中才表現出他眞正的面貌。他雖也是政治家、革命家，但我認爲他眞正是一位詩人。

在人格方面，他爲官清廉，監察院長最重要的就是要清廉，這是政治的根本，也是勇敢的基礎，在訓政時期，雖不能如今日可以充分發揮彈劾權，但我認爲有一點他做得非常成功，就是他所選的監察委員都是一流的，其中不乏詩人，都是有清操氣節的，這在現今恐怕很難有了。沒有一流的監委，就沒有一流的監院，更不會有一流的監察權，而右老所找的人選都是一流的，這相當不容易。看看今日國內監察權的不彰，就不能不令人感慨艮深了。

李普同：

我在日據時代，讀日本學者發表的中國近代書風認識于右任先生，直到政府播遷來台後叩拜先生爲師隨侍學習，因此，想對右老的書法造詣略抒己見。右老的標準草書是爲了中華民族圖强能以文化領導世界，必須推行標準草書，因爲漢字筆劃多，寫楷書較費時。自從王羲之集大成今草以後，歷代名家輩出，但並未普遍地推廣，直到民國二十五年第一本「標準草書　千字文」出版，才普獲大家共鳴，並影響日本的近代書風，世稱右老爲現代草聖。

依個人淺見，草聖是王羲之，此後名家雖多，但論運筆、標準、變化氣度，恐怕要屬右老最爲高明，而且是青出於藍，可以說勝過智永、孫過庭、懷素諸家。日本人編草書字典索引，也是採用右老的書法部首，這在過去是絕無僅有的事，右老的書法成就，確能代表中華民族的光采。如果右老一直在大陸上推廣標準草書，更進一步楷書化，大陸上的簡體字就不會如此雜亂無章了。

右老對求字者一視同仁，而且往往高官排在後面，優先寫給老百姓中來信求墨寶者。他的字何以寫得如此好？他常說：多寫、多看、多讀，字中無死筆並虛心接受批評。其實這是鼓勵人家的話，主要的恐怕還是在於他特殊的天分與完整的人格。大陸上最近已出版了三十種右老書法的碑刻及眞蹟拓本，我們更不能忽視，應該對其書法成就再下功夫來研究才是。

薛平南：

于右老是曠世大書家，其書法沉雄豪放，大氣磅礴，行筆如天馬行空、出神入化，咸譽爲近代書林「草聖」。

他所倡導的標準草書，有系統的整理歷代草書，歸納部首與代表符號，以準確、易寫、易識、美觀四大原則爲依歸，誠所謂「發千餘年不傳之秘，爲過去草書作一總結賬，爲將來文字開一新道路。」是書法史劃時代的貢獻。從日本編輯的書法字典中，紛紛採用標準草書的代表符號，即可得到明證，而日本書家金澤子卿來華「立雪于門」，歸國後成立「標準草書會日本分會」，大力提倡標準草書，從此右老書學遠播東瀛。去年十一月初，右老門人李普同先生與金澤子卿先生，應邀於北京國立歷史博物館舉行盛大的書法聯展，並配合大陸標準草書會會長胡公石先生（右老門人）的作品展出，爲標準草書海內外的大結合。

右老的書法風格，在抗戰以前，以寫北碑或帶北碑筆意的行書爲主。有詩云：「朝寫石門銘，暮臨二十品，竟夜思集聯，不知淚濕枕。」可見他在北碑所下的功夫之深。一般人以爲右老的書藝成就只在草書，其實他的北碑楷書的造詣，也是前無古人，足以千秋，「中國時報」、「時報周刊」刊頭題字，就是集自右老的早期的北碑書。

抗戰開始至政府播遷來台以後，右老爲倡導標準草書，以身作則，所作以標準草書居多，因受到早期北碑書的影響，故下筆沉著雄渾，氣象萬千，一洗今草纖細靡弱的積習，也因整理標準草書，取歷代草書的精華，而成就了集大成的「草聖」地位。

張力：

前面幾位先生已經談過于先生做爲全國性人物所扮演的角色，以及他的書法造詣，本人則從另一個角度，首先介紹于先生對他生長的陝西省所表現的鄉土關懷，其次略加評論近年來大陸學者對于先生的看法。

就于先生所表現的鄉土關懷而言，可分以下三方面：

第一、教育事業的創辦：陝西省在清末民初並沒有一所眞正的高等教育機構，民國元年教育部有意在南京、廣東、四川、漢口各設一所大學，這時在北京由于右任領導的豫晉秦隴協會，立即呼籲在黃河流域也設一所大學，因此不久就有了陝西西安西北大學的醞釀。不過西北大學設立並不順利，直到民國十二年才正式成立。另外，民國二十三年西北農林專科學校創辦，于先生是該校籌備委員之一，並且兼任第一任的校長。

第二、與地方軍閥的對抗：他自民國七年領導陝西靖國軍，對抗軍閥陳樹藩，大約有四年時間，他是以「一腔熱血和不怕死、不畏難的革命精神」，苦撐靖國軍這支武力。民國十五年底，于先生再與國民軍聯軍的馮玉祥合作，解西安圍城，繼而擔任陝西省政府主席兼總司令。他雖有一套施政的構想，想爲訓政作準備，但當時豫陝甘三省全爲馮玉祥所控制，並不注重地方建設，于先生勢單力孤，最後只好設法脫離馮玉祥的掌握。

第三、災荒的救濟：陝西在北洋時期因軍閥橫征暴斂，導致地方殘破，時遭天災肆虐。民國十八年起陝西遭逢罕見的大旱災，人民生活瀕臨絕境，於是于先生向中央請願，並向上海地區工商界領袖請求援助，二十一年年底，又向宋子文請求撥款賑濟，也要求鐵道部每月負責運送賑糧一千噸到陝，以五個月爲期，都獲得同意。這些都是于先生救濟陝災的具體作爲。

至於大陸方面如何看待于右老呢？據我個人的瞭解，一九五〇至一九八〇年之間，大陸的書報雜誌並無關於于先生的論著，一九八一年才刊登了少許回憶文章，一九八三年終於有學者開始進行學術的研究，一九八八年後，更有「于右任傳」、「民國奇人于右任」等著作出版。一般而言，大陸學者在討論于先生早年的革命經歷時，如興辦革命報刊以及領導靖國軍與軍閥抗爭，其觀點和台灣學者的認識，並無軒輊。不過在別的方面，則提出了不同的解釋，其中較特殊者有以下三項：

一、强調于先生和中共的關係密切：中共主要藉國共合作時期，于先生和中共的往來，加以渲染。

二、設法找出于先生和蔣中正先生之間的摩擦：關於于先生和蔣先生在不同時期的政見之爭，雖然不多，卻也是中共刻意强調之事。

三、基於前述兩點，大陸學者爲了證明于先生嚮往中共，留戀故土，因而指出于先生在民國三十八年係受「國民黨特務」脅迫，不得不隨同來台，而來台後所寫之懷念故土的詩文，則是為了抒發他的憤懣情緒。其實在三十八年兵荒馬亂之際，于先生若眞與蔣先生不合，且同情中共的話，他若想背離政府，機會一定很多。事實上他是不願接受共產黨的統治，才追隨政府來台。來台之軍民時有懷念故鄉之詩文刊於報章雜誌，乃人之常情，將之解釋成渴求和中共統一，未免太荒謬了。于先生若地下有知，恐怕會極感失望吧！

綜合討論

劉子鑑（聽衆）：

我認為于先生在許多方面都有貢獻，其中最重要的是在五權制方面，在右老時，監察院的確有其作用，尤其在司法方面的調查，可是現在似乎已大不如前了。値此憲政改革之際，右老在監察權的發揮與貢獻，令人難忘。

謝茂軒（前中華民國書法教育學會理事長）：

聽完各位先進很多精闢的見解，覺得右老眞是一代偉人，能見人所未見，做人之所未做、不能做、不敢做，其人格學養方面的風範，詩文書法的成就，革命從政的功績，興學辦報的執著，均値得吾人學習、欽佩。尤其在書法方面，他三十多年對草書的努力和貢獻，以及對中華文物的維護，都有可資學習之處。希望文工會能推動將其生平事蹟、趣聞，拍成電視劇或電影，使大家對他的氣節風範能有更深入的認識。八年之後，即是右老一百二十歲誕辰，屆時希望能由標準草書學會來主辦「紀念于右老國際書學研討會」，將今天研討的成果更加發揚光大。

麥墀章：

于右老堪稱歷來草書名家中，吸收前人養分最多、作品傳世數量最豐富的藝術家，他的書學態度，完全忠於自然，誠懇而不矯揉造作。至於書學人生觀，由作品內容看來，絕無涉及風花雪月，而是以革命、民主、自由、平等、博愛爲出發點；一生無所爭、無所求，沒有個人，只有國家。右老書法所呈現的，是大將軍般氣撼山河，力鼎千鈞的氣勢，再融合「謙謙君子，溫其如玉」的詩人氣質，可謂文武兼修；這種入世氣魄與出世性靈所產生的藝術特質，實空前絕後，亙古一人。

右老學兼中西，絕不固步自封。個人認爲其藝術上顯著的貢獻至少有下列四項：一、標準草書的完成與修訂；二、敦煌藝術研究所的創設；三、對台灣碑學的提倡，使之與帖學並駕齊驅；四、把中國書法推展到全世界。

蔡行濤：

于右老稱得上是一位時代人物，其與時代環境之變遷有極密切之關聯。

民國初年對西北文物的發掘研究十分積極，如中國學術團體西北考察團，又如教育部的西北史地考察團等的活動，中外學者專家均曾參與，右老在主持西北靖國軍時期即曾親往敦煌實地參觀瞭解，並有詩句形容其心境：「岩堂壁殿無成毀，手撥寒灰撿斷篇」、「醰醰民族文藝海，我欲攜汝還中原」。

至於標準草書的倡導，應與民國初年的啓蒙運動或新文化運動有關。在普及新知的目的下，右老提倡「易識、易寫、美觀、準確」四大原則，遂有標準草書之推動，以求「省時益事」。事實上，標準草書絕不是隨意創設，而是本於古人再加以創新，這從「標準草書千字文」的凡例、釋例中可以看出。

（張堂錡記錄整理）

蔣夢麟：西潮東引

蔣夢麟的「西潮」，扣緊個人經驗與時代脈動，
將舊中國與新中國轉型期可能出現的一切狀況，
用文化的角度作全面的回應，
跨越時空，產生深遠的影響。
而他所領導、策劃的「農復會」，
對台灣早期經濟的發展，
亦有重大的貢獻。

從「西潮」看蔣夢麟先生的思想

■傅佩榮

一、態度與立場
二、民主與科學
三、教育與文化
四、《西潮》與《河殤》

蔣夢麟先生（一八八六年～一九六四年），浙江省餘姚縣人。一九〇八年赴美深造，先習農學，不久改念教育，自加州大學教育學系畢業之後，前往哥倫比亞大學研究，於一九一七年獲博士學位返國。由蔣氏求學年代與專業訓練，可知他正是建設新中國的重要人才。歷任北京大學校長、教育部長、行政院秘書長、中國紅十字會會長等職務，他在教育與政治方面的成就是令人景仰的。

然而，蔣氏得以跨越時空限制，產生廣泛影響的，主要卻是靠一本反省中國近代西風東漸的書，名爲「西潮」（註①），這一類的作品自民初以來並不少見，但是能夠扣緊個人經驗與時代脈動，並且從文化角度作一全面回應的，則首推蔣氏的「西潮」。是書共分七部，按標題先後順序爲：滿清末年、留美時期、民國初年、國家統一、中國生活面面觀、抗戰時期、現代世界中的中國。每部再分小節，共有三十四節，每節的名稱已經可以充分顯示全書的骨架十分完整，似乎舊中國與新中國的轉型期中可能出現的一切狀況，都涵蓋在內了。當然，這不是一本流水賬。羅家倫先生在本書「序言」中說：「這是一本充滿智慧的書。這裡面所包含晶瑩的智慧，不只是從學問的研究得來，更是從生活的體驗得來。」（註②）我們可以透過此書去認識蔣氏的思想，欣賞他的智慧，並學習歷史的教訓。

中國原有悠久的歷史與高明的文化。事實上，「中國」一詞有「位居四方之中」的意義，這不僅代表地理上的優越地位，同時也隱含了以「中」爲立國的理想，要在世間維持正義與和平。四五千年發展下來，中國的版圖之大與人口之多，構成了世界上僅見的現象。如果繼續自行其是，在封閉的領域內生息，那麼中國是沒有理由產生重大的變化的。然而，清朝末期以來短短的一百年，中國卻經歷了千古未有之變革。就政治形勢而言，清朝代表中華帝國的傳統，原本是越南、緬甸、高麗的宗主國，結果竟至淪落爲列强瓜分的魚肉，地位無異乎次殖民地。接著，革命成功，民國肇建。但是何以幾十年之內又遭逢神州板蕩的悲劇？今天的中國除了人口居世界第一之外，還有什麼值得自豪的？

我們記得從前不是如此的，即使在一百年以前也不是如此的。到底是怎麼回事？這只是政治與戰爭的問題，或者也涉及了教育與文化的問題？誰來告訴我們答案？

蔣夢麟先生的《西潮》，記錄了自一八四二年到一九四一年在中國發生的重要事件，尤其後半段時期多爲他的親身見證，因此信筆寫來「有點像自傳，有點像回憶錄，也有點像近代史」（註③）。然而，細讀全書，我們除了在歷史事件的骨架上，發現文化生活消長的脈動之外，更可以領略情意緜邈的文思與筆觸，以及冷靜沉著的哲理與智慧。這樣一本書是不可能一口氣讀完的，卻須讓人且讀且想，偶爾稍作停頓，掩卷回味。作者描述他在北大校長任內所見種種變遷時的心境，最能形容這種情景。他說：「我像是埃及沙漠中的一座金字塔，淡淡遙望著行行列列來來往往的駝影，反映在斜陽籠罩著的浩浩平沙之上，駝鈴奏出哀怨的曲調，悠揚於晚紅之中。」（註④）

哀怨出自情感的蘊蓄與抑制。在西潮的衝擊之下，中國人由不滿而憤怒，由憤怒而委屈，因爲我們爲了生存，被迫西化，向西方學習，學得不上不下、不前不後時，難免覺得前途茫茫，悲從中來，而要發出哀怨的心聲了。哀怨於事無補，不如明白眞相。《西潮》就是想弄清楚：「這些可怕的事情究竟爲什麼會發生呢？」（註⑤）我們且跟隨蔣夢麟先生作一次知性之旅，讓自己眞正走過近代史上的這一頁滄桑。

一、態度與立場

《西潮》在敍述近代史實與描寫作者感受時，態度是十分從容的。這種「從容」源自堅定的文化信念，認定中國傳統可以通過艱鉅的考驗。而這種信念卻不是憑空產生的。蔣氏的求學經歷正好跨越了兩個時代及兩個世界。他參加過淸朝郡試，考取秀才，爲了不滿在縣學掛名必須繳費的陋規，還與負責人討價還價。他自幼承受中國學問的熏陶，但不願忍受腐化的制度，於是堅決主張直接向西方學習。他遠渡重洋，先後在美國加州大學及哥倫比亞大學研習教育達九年之久。他剛到美國時的處境是大多數留學生都經歷過的。就以上課來說，他描寫自己如下：「雖然不參加討論，聽得卻很用心，很像一隻聰明伶俐的小狗豎起耳朵聽他主人說話，意思是懂了，嘴巴卻不能講。」如此半聾半啞的四個月之後，才算上了軌道，可以從容自在地學習。他並未成爲西化派，卻展現了平衡的視野。他說：「一個中國學生如果要了解西方文明，也只能根據他對本國文化的了解。他對本國的文化了解愈深，對西方文化的了解愈易。」（註⑥）

這段話在今日看來，仍然令人激賞，也仍然値得我們省思。文化是一個整體，從外在的生活方式到內在的理想觀念，全都涵蓋其中。此一整體不僅有根源，也有活力，會隨著個人生命的成長而發展。留學生處在不同文化的衝擊下，如果未能立定腳跟，是很容易迷失的，同時也無法認淸西方文化的特色。由此看來，我們可以預期作者對中西文化的比較，將會是持平而通達的。這位曾在三十四歲就奉命代理蔡元培先生，出任北大校長的學者，若不能在國粹派與西化派之間站得穩當，並且自有一套文化觀點，恐怕北大精神早就模糊難辨了。

然而，當時中國的危機仍是知識分子的首要關懷。如果國家覆亡，個人何以安身！責任意識乃油然而生。蔣夢麟先生具體表現了這種關懷。他在民國六年返國時，告訴自己：「學成回國是我的責任，因爲我已享受了留美的特權。」（註⑦）今天數以萬計的留學生中，尚有幾人能有這種想法？可見一個人對社會國家的貢獻，不是偶然。回國之後的歲月正是新中國步履蹣跚，充滿內憂外患的時期。《西潮》對此記錄甚詳。他在第三部「民國初年」的各節標題是：急劇變化、軍閥割據、知識份子的覺醒、北京大學和學生運動，以及擾攘不安的歲月。

知識分子對國家的情感是濃烈而深刻的。蔣氏在日本上野公園展覽會上，看到中日戰爭中俘獲的中國軍旗、軍服和武器時，他的感受是：「簡直使我慚愧得無地自容。」稍後見到日本人陶醉於對俄戰爭的勝利，遊行隊伍綿延數里時，他寫道：「我孤零零地站在一個假山頂上，望著遊行的隊伍，觸景生情，不禁泫然涕下。」（註⑧）

就是這分情感，使他在新與舊的衝突，革命與立憲的衝突，鬧得頭腦天旋地轉時，仍然很清楚問題所在：「那就是如何拯救祖國，免受列強的瓜分。」（註⑨）以及後期的「如何使中國順利步上現代化的坦途？」（註⑩）他對這兩個問題所持的立場是始終如一的。一方面，我們要向西方及日本學習，但是向「敵人」學習的目的不在制勝敵人，而在自保及發展，進而維持世局和平。另一方面，我們應該了解西方文化也是優劣互見，並非全部是好的；同時，中國文化雖然陷於低潮，仍有其精彩高明的地方。最重要的一點是，作者以其一生的經驗告訴我們，文化與思想才是關鍵所在。他說：「武力革命難，政治革命更難，思想革命尤難，這是我所受的教訓。」（註⑪）他在《西潮》接近尾聲時，總結自己的心得如下：「政治究竟只是過眼雲煙，轉瞬即成歷史陳跡。恆久存在的根本問題則是文化。」(註⑫)那麼,《西潮》在思想與文化方面,帶給我們什麼啓發呢?

二、民主與科學

民主是制度,也是素養。民主制度在中華民國成立之後得以建立,原是順理成章的事,但是要讓它運作卻不容易。以憲法而言,蔣氏以爲,「中國的憲法只是抄襲外國的觀念,起草憲法的人隨意取捨,根本沒有考慮到中國人的生活習慣或思想觀念。」(註⑬)這段話在今天已經不易理解了,但是在理論上仍可說得通。

這個問題可以由兩方面來了解。一方面,我們確實需要合理的制度,否則政治難免腐化,作者認爲:「中國社會風氣的敗壞,導源於腐朽的財政制度,而非缺乏責任感。」(註⑭)另一方面,制度需要調適階段,否則國會議員受賄舞弊的現象自然出現,而學生在抗爭行動中的分寸也不易拿捏。辜鴻銘先生兩邊都看不慣,大呼這是「民狂」。(註⑮)這種「民狂」現象似乎並未隨著時間而改善。

民主不能作橫的移植,只能接枝在老幹上,再配合全民的教育水平與法治素養,然後逐步趨近理想。蔣氏舉了一個生動的例子如下,足資參考。傳統社會亦有法律與審判,但是案子進入官府之前,先由家族作一裁決。族長「開祠堂門」:「祖宗牌位前面點起香燭,使得每個人都覺得祖先在天之靈就在冥冥之中監視似的,在祖先的面前,當事的兩造不能有半句謊話。」(註⑯)這顯然是奠基於信仰之上的法律運作,其精神近似西方人在法庭上手按聖經,宣稱自己只說眞話。

我們向西方學習新的法律制度時,由於信仰背景迥異,當然不會跟著去「手按聖經」,但同時又丟棄了自己的「祖先牌位」，結果僅僅保存了空洞的架構與外形，以爲單靠這樣的審判與定罪，就能天下大治。結果呢？結果是到了今天，法治的情形仍不理想。

再就科學來看，近代呼籲科學救國的人，往往把重點放在科學的應用成效上。這固然是受時代壓力所迫，同時也多少遷就了傳統念書人「學以致用」的心理。然而，科學眞要生根，則須借助於一種事實求是的科學精神。在蔣氏眼中，蔡元培校長主張「爲學問而學問」的態度，值得推崇，也是爲科學紮根唯一正確的途徑。北京大學在蔡氏與蔣氏的主持下，發展出三項治校準則：一、學術自由；二、教授治校；三、無畏地追求眞理。（註⑰）這三點實爲眞正大學之所嚮，也是培育科學精神之條件。

可惜的是，倡導科學的人也很容易陷入科學主義，就是以科學的檢證方法來判斷一切事物有無價值，然後對於美善的人生理想或神聖的宗教信仰，就會抱著懷疑的態度了。等而下之的就是《西潮》記載的，保守人士所指摘北大的「三無主義」：無宗教、無政府、無家庭。（註⑱）姑且不論北大是否如此，至少這提醒我們科學主義的禍害。因此，分辨人間各種價值的不同層次及相互關係，實在是刻不容緩的。

偉大的時代不會缺少典型人物。《西潮》在政治上最肯定　孫中山先生，在學術上則心儀蔡元培先生。他形容　孫先生：「任何人如果有機會和他談話，馬上會完全信賴他。……他對人性有深切的了解，對於祖國和人民有熱烈的愛，對於建立新中國所需要的東西有深邃的見解。」（註⑲）他形容蔡先生：「晚年表現了中國文人的一切優點，同時虛懷若谷，樂於接受西洋觀念。……他對自然和藝術的愛好，使他的心境平靜、思想崇高、趣味雅潔，態度懇切而平和，生活樸素而謙抑。」

（註⑳）

三、教育與文化

蔣氏以教育家知名於世，他對教育的見解自有可觀之處。首先，他接受完整的西方訓練，嚮往古希臘「美麗、健康和智慧是三位一體而不可分割的」想法（註㉑）。學成回國後，他創辦《新教育》月刊，以「養成健全之個人，創造進化的社會」為宗旨。（註㉒）這些都還算通識。

其次，他深入一層，談到健全的個人有何內涵，他說：「理想、希望和意志，可說是決定一生榮枯的最重要因素。教育如果不能啓發一個人的理想、希望和意志，單單强調學生的興趣，都是捨本逐末的辦法」（註㉓）。這段話應該列為所有從事教育工作者的座右銘。蔣氏有此觀念，可以成為一位偉大的教育家，這是無可置疑的。

接著，最難得的，是他也能欣賞傳統教育。他的童年教育有三個來源：一是私塾所念的古書，不僅給他立身處世的指針，也成為他後來研究現代社會科學的基礎；二是聽大人說故事，帶他接近現代文學之門；三是對自然的粗淺認識，由此引至現代科學。（註㉔）因此，他從不認為中國古書是偏狹的，也不認為傳統教育不好，問題只在我們如何去吸收、消化及生活。他指出：

「我們利用一切可能的方法，諸如寺廟、戲院、家庭、玩具、格言、學校、歷史、故事等等，來灌輸道德觀念，使這些觀念成為日常生活中的習慣。以道德規範約束人民生活，是中國社會得以穩定的理由之一。」（註㉕）

譬如，他提及幼時的家廟叫做「四勿祠」，原來「四勿」是指論語裡的「非禮勿視，非禮勿聽，非禮勿言，非禮勿動。」現在却改爲「勿欺心，勿負主，忽求田，勿問舍」。如此一來，更能配合家廟的實際教化功能了。（註㉖）此外，就是「演戲」也有三重目的，包括：教授歷史，灌輸道德與供給娛樂。（註㉗）

在學校教育尚未普及之前，上述作法似乎是唯一有效之途。就算學校教育普及之後，如果忽略上述作法，亦即忽略家庭、社會、宗教、生活方面的教育作用，則結果也是令人憂心的。

然後，這位教育家眼中的文化是什麼呢？文化是社會生活的表現；社會的單元是以家庭、行業、傳統的其所形成的，這些單元又由共同的語言、文化、生活理想所維繫。（註㉘）那麼，中國文化有何特色？

一是道德的宇宙觀。由自然界的和諧規律，體認人生應行之道。宇宙與人生之間，不是疏離無情的（註㉙）。

二是人本的生命觀。「中國思想對一切事物的觀察，都以這些事物對人的關係爲基礎，看它們有無道德上的應用價值，有無藝術價值，是否富於詩意，是否切合實用。」（註㉚）這一段話說得貼切又中肯。

三是追求天人合一的理想。作者描寫自己的一次高峯經驗，可以用來說明。

「中國人從大自然領悟到人性的崇高。北京有一個天壇，是用白色大理石建造的，這個天壇就是昔日皇帝祭天之所。一個秋天的夜晚，萬里無雲、皓月當空，銀色的月光傾瀉在大理石的臺階上，同時也瀰漫了我四周的廣大空間。我站在天壇的中央，忽然之間我覺得自己與天地融而爲一。這次突然昇華的經驗使我了解中國人爲什麼把天、地、人視爲不可分的一體。他們因相信天、地、人

三位一體，使日常生活中藐不足道的人，升入莊嚴崇高的精神境界。」（註㉛）

以上三點特色足以表徵中國文化的意境。由這種文化熏陶而成的學者文人，自然是值得欣羨的。《西潮》所展示的，正是一位典型學人基於文化關懷，對一個大時代所作的透視及回應。

四、《西潮》與《河殤》

讀了《西潮》，難免聯想到近年風行的《河殤》。兩者雖然體例不同、時空互異，但是關心中國處境、找尋中國出路的用意則相似。《河殤》對儒家與黃河大張撻伐，恨不得一腳踢翻傳統的爛攤子。問題是：黃河能為中國命運負責嗎？儒家又何曾得到公平的對待？

在此，我們可以對「河殤」作較為深入的理解。「河殤」是一部介紹黃河的影片，它的解說文卻涵蓋中國的歷史與文明之興衰軌跡。細讀全文，不難感染懷古與憂時的情緒。它的批判性值得肯定，但是它的原創性則令人擔心。

先就批判性來看，全文的基調是拯救衰落的中國文明。何以知道中國文明衰落？由經濟實力可知。近百年來的演變，造成今日大陸之一窮二白；但是作者認為焦距應該放在文明的起源處，亦即黃河的自然景觀。黃河不僅是一條河，它還與黃土一同型塑中國人的性格。中國人變成最崇拜土地的民族，由此接納封建與專制的生活方式。

然後，儒家思想適時為這種內陸文明提供了一個超穩定結構。這種結構往好處說，使中國歷史上只有朝代的更迭，沒有民族的存亡，文化系統得以一脈相承；往壞處說，就像黃河每三年發兩次水，這個國家也是二、三百年大亂一次，分久必合，合久必分。但是，從十七世紀西歐工業革命之後，世界形成整體，中國就無法關門玩這種遊戲了。因此，當務之急是以科學破解土地崇拜，並以民主超越封建遺毒。這是對自然與社會的雙重決定論，所作之歷史性挑戰。而其成敗判準，則是經濟指標，如海南島能否成功地躋身亞洲小龍陣，被作者認爲是「歷史壯舉，必將有力地改良中國文化的顏色」。

再就原創性來看，令人擔心的是全文有些觀點缺乏說服力，並且未能突破兩個禁忌。缺乏說服力的地方有三：第一，經濟實力是文明興衰的判準嗎？事實上，作者也談到盛唐文明的表徵是「有情之天下」，同時保持決不拒絕外來文化的氣度，這些都不是經濟實力可以說明的。第二，中國文明代表整個古老世界的最後掙扎嗎？如果以血統、語言、土地之一脈相承來界說一個民族的文明，那麼印度人與猶太人同樣是古老世界的代表；反之，希臘文明若不藉由其他民族在十四世紀的文藝復興運動，則早就成爲陳跡。作者還認爲希臘的海權思想促成了民主，可是他忽略這種民主是以奴隸制度爲代價的。第三，科學與民主可以解決一切問題嗎？它們當然極有幫助，但是對於作者所批評的「人的素質太差」，恐怕起不了什麼作用。

至於兩點禁忌未能突破，則是：一，以儒家的社會結構與黃河的自然景觀互爲表裡，要儒家爲中國文明的衰落負責；二、大陸以外地區的中國人社會都在大步邁向現代化，大陸爲何不能？這個責任與其歸咎於數千年以來的「黃河文化」，不如歸咎於共產黨。突破這兩點禁忌之後，才能眞正思考「人的素質」的問題，也才不會以經濟活動及其成效（如作者所說「創業行動微弱，風險承受能力低，依賴思想，聽天由命觀念濃厚等」），去界說「人的素質」。

此外，特別值得注意的是：「河殤」的預設是兩種決定論，一爲自然決定論，二爲社會決定論。前者肯定自然條件，像黃河與黃土、甚至黃種人，將決定文明的興衰，如黃河定期氾濫，使這個大陸文明無法擺脫週期動亂的夢魘。後者則肯定儒家所形成的社會結構，將使中國人在科學、政治、經濟各方面都受到侷限，無法突破格局，難以與海洋文明一爭長短。這兩種決定論都是缺乏根據的，因為文明的主導者是人。埃及與巴比倫曾在古代有過輝煌的文明，何以日後消失無存？印度與猶太二種文明，其自然及社會條件完全不同，但卻都能綿延持久，又該如何解釋？（註㉜）

與此比觀，《西潮》除了肯定盛唐文明，也能緬懷民初的京派作風；永遠追求完美、追求更深遠的人生意義，「差不多每一個人都可以抽空以不同的方式來欣賞美麗的東西。」在此，唯一的貴族階級是有學問的人，他們崇尚意義深刻的藝術、力求完美。相形之下，上海是金融的海洋，但是在知識上卻是一片沙漠。（註㉝）由此可見，海洋文明並非必然為善。換言之，中國文化自有合乎人性的優美面貌，在古代如此，在今日亦然。

《西潮》不談黃河，卻重長江。蔣氏說：「不屈不撓的長江，就是中國生活和文化的象徵。」由此可知，不同角度看到的文化，竟有多麼大的差異。那麼，孰是孰非呢？這要留給讀者自行判斷。以筆者個人而言，答案十分清楚。

從儒家研究者的立場來說，還有一點意見必須附記於此。蔣氏屢次提及儒家的性善論，以為「邪惡的產生只是缺乏正當的教育而使善良的本性湮沒」所致。這種見解對教育家也許夠用，在哲學上卻還有深究的餘地。（註㉞）無論如何，蔣氏從未認為天生本善的人性是圓滿自足的，因為人生除了道德，還需要藝術與科學。如此一來，善、美、眞相輔相成，才是理想人生。

《西潮》出版以前，中國許多百姓不知何去何從，甚至弄不清楚發生了什麼事。現在，《西潮》展現了宏觀的視野，使我們可以回歸傳統的生活世界，也可以懷著更大的信心邁向未來。

註釋：

①蔣夢麟，「西潮」，台北，業强出版社，一九九〇年十一月出版。
②同上，頁九，「序言」。
③同上，頁一六。
④同上，頁一四九。
⑤同上，頁一一。
⑥同上，頁八一。
⑦同上，頁九九。
⑧同上，頁七一～七二。
⑨同上，頁六五。
⑩同上，頁一五九。
⑪同上，頁一五四。
⑫同上，頁二六九。
⑬同上，頁一四二。
⑭同上，頁一七〇。
⑮同上，頁一四四。

⑯同上，頁二二～二三。

⑰同上，頁一二〇起。

⑱同上，頁一二三。

⑲同上，頁八七。

⑳同上，頁一二〇。

㉑同上，頁五二。

㉒同上，頁一一六。

㉓同上，頁三三。

㉔同上，頁三七。

㉕同上，頁一九。

㉖同上。

㉗同上，頁二九。

㉘同上，頁一七二。

㉙同上，頁二五五。

㉚同上，頁二五六起。

㉛同上，頁二六二。

㉜有關「河殤」的評論，參看筆者「朝雨輕塵」，台北，黎明文化，民國七十八年，頁十一起。

㉝「西潮」，頁一八七。

㉞有關儒家人性論的問題，參看筆者「儒家與現代人生」，台北，業強，民國七十七年。

（本文作者現任台大哲學系教授）

蔣夢麟對台灣農村復興的看法及其領導風格

■黃俊傑

一、前言

蔣夢麟（一八八六～一九六四）是十九世紀末二十世紀初「西潮」東漸，中西文化激盪下的知識份子。他的求學歷程橫跨中西兩個傳統。他曾在紹興中西學堂、浙江省立高等學堂、南洋公學讀書，也曾在美國加州大學（一九〇九～一九一二）及哥倫比亞大學（一九一二～一九一七）求學。（註①）返國後，繼蔡元培之後主持北京大學近二十年（一九一九，一九二三～一九二六，一九三〇～一九四五），並出任國民政府教育部長，對二十世紀中國高等教育貢獻良多。（註②）

蔣夢麟在少年時代就有感於中國由於「貧窮、饑饉、瘟疫、貪汚」等因素，而導致「全國普遍顯現擾攘不安」（註③），赴美留學時就主張運用科學耕種以增加生產。（註④）一九四八年以後，蔣夢麟出任中國農村復興聯合委員會（農復會）第一任主任委員（一九四八～一九六四），直到一九六四年逝世爲止，他的晚年都參與台灣農業工作。蔣夢麟主持中國農村復興聯合委員會（農復會，一九四八～一九七九）以後，陸續發表大量文字，提出他對戰後台灣農業與農村的看法。這些看法基本上集中在以下四個範疇：(1)土地改革；(2)人口問題；(3)農會改組；(4)森林問題。這篇論文的寫作，就是想扣緊蔣夢麟的農業思想，試加歸納，並就他領導農復會時所展現的領導風格，加以分析。

在我們進入正題之前，我們有必要對蔣夢麟所領導的農復會略加說明。農復會的創立與晏陽初的奔走有直接關係。一九四七年四月，晏陽初訪問美國，會晤美國國務卿馬歇爾（George C. Marshall），力陳鄉村改造的必要性。晏陽初並在一九四七年九月三十日致美國國務院的備忘錄中，提出改造中國農村的具體步驟：「㈠全國識字運動。㈡建設的中心區。㈢領導人才的培養。㈣爲有效推行這一方案，應設立一『全國平民教育與鄉村建設委員會』，是一獨立的爲人民服務的機構。假定全部經費由中美兩國共同負擔（美國以捐贈或貸款方式），則該會應由兩個收府指定中美代表組成之。」（註⑤）晏陽初的構想廣獲美國國會議員，著名作家賽珍珠（Pearl S. Buck）及各大報的支持。經過各界的努力，終於在一九四八年四月一日美國第八十屆國會第二會期，通過第四七二法案第四〇七條款，規定中美雙方政府設立聯合委員會，以建設中國農村，並以援華款額的百分之十支付。（註⑥）這就是農復會成立的由來。

農復會於一九四八年十月一日，在南京正式成立。由美國總統任命之穆懿爾（Dr. Raymond T. Moyer）及貝克（Dr.Jone Earl Baker）兩位美國委員及中國國民政府總統任命之蔣夢麟、晏陽初、沈宗瀚三中國委員組成。從農復會三十年的歷史來看，它從制度改革與技術創新兩方面雙管齊下，齊頭並進。農復會在戰後初期的台灣，一方面推動土地改革與農會改組；另一方面，則大力推動農業技術的創新，全力提昇農業生產力。比較而言，後者較易推動，前者則阻礙較多。但是，由於在日據時代台灣農村已有完善的水利工程建設，農業發展的基礎業已奠定，農民業已具備技術及管理能力，而且在光復初期台灣特殊的政治權力結構中，「土地所有者」與「政權所有者」產生不相重疊的現象，這些因素使一九五〇年代的台灣土地改革一舉完成，使「國家」力量深入農村「社會」，並奠定紮實的基礎。這是戰後台灣農業現代化的重要出發點。接著，農會的改組，使一九五〇年代及一九六〇年代的農會相對於日據時代的農會而言，具有更大的自主性與主體性。從一方面言，農民的意見較易於暢通表達；從另一方面來看，農復會及農業主管機關的政策，也較易於獲得農民的瞭解。蔣夢麟的晚年，完全奉獻給農復會，參與台灣農業的工作。

二、土地改革

首先，我們看蔣夢麟對台灣土地改革的看法。

早在蔣夢麟出任農復會主任委員之前，就極端重視土地改革，認為是農村復興的根本途徑。蔣夢麟在回憶錄《新潮》中，就回憶一九四八年夏蔣中正委員長約他出任農復會主任委員時，他就提出推動土地改革的主張：（註⑦）

……委員長便走出來，說：「請坐、請坐，吃點便飯吧！」我就依言坐下去了。委員長接著說：「我有一件事情，要請你去擔任。」我問：「什麼事情啊？」他說：「現在有一個中美共同組織的開發農村的委員會，請你去擔任這個會的主任委員。」我說：「委員長，我現在正在辦行政院善後事業保管委員會，這個機構很大，凡是聯合國援助我國抗戰後期所剩下來的錢和物質，都由這個委員會處理，這已經夠忙了，而且都是關於工業方面的工作，範圍很大，從上海到成都，從北方到廣州都在其內。」委員長說：「這個我都知道，我要你擔任這個農村工作，就是因為你擔任工業工作的關係，農和工是不好分開的，我就是這個意思，你兩個工作都要擔任，這兩個工作不能分離的。」我也沒有客氣，就說：「委員長要我擔任，我就擔任了。」他說：「你有什麼意見沒有？」我當即回答：「我有點意見。」於是我說道：「農村建設如果不從改革土地著手，只是維持現狀，是不會成功的。」委員長點頭道：「對了，你有什麼辦法？」我說：「我希望劃出一個地區做試驗，實行土地改革。」委員長問我：「你要劃出什麼地方？」我說：「我想劃出無錫來，因為無錫是一個已經半工業化的縣份，那個地方有資本家、有地主，而無錫的地主不一定靠土地生活，所以把他們的土地拿來做土地改革，他們也不致於激烈反對。」委員長馬上同意地說：「哦！那可以的。」我又補充道：「我指定無錫，還有一個理由，因為土地改革是要地主拿出土地來的，雖然無錫已相當工業化，但要地主們拿出土地來，總好像是與虎謀皮，不是容易辦到的事。那是可能要兵力來打老虎。無錫與南京鄰近，容易派兵，將來我們試驗的時候，如果需要用兵，不知委員長是不是可以派兵？」委員長果斷地說：「可以，要用兵的時候，當然派兵。好了！就這樣做吧！其餘的事情慢慢地想。你去負責任，要什麼人你去派，派了之後，你和行政院長商量好了，不必跟我說，我事情也忙，這件事情，就請你全權去辦吧。」

本於這樣的主張，一九四九年二月二十一日蔣夢麟偕同沈宗瀚、穆懿爾等來台北，與當時的台灣省政府主席陳誠洽商設立農復會台北辦事處時，就對陳誠提出農復會的原則是提高生產與公平分配並重，並主張在台灣立即實施土地改革，獲得陳誠的支持。（註⑧）所以，在農復會展開工作以後，就以土地改革作爲第一件大事。蔣夢麟曾分析早期農復會的思想說：（註⑨）

在各地紛雜之各種不同之需要中，吾人仍可發現其共同點，由各種繁複之活動中，吾人抽出其共同性，但未定一固執不變之原則而思普遍適用於全國。依地方需要，吾人由各項個別計劃演為一全國性之計劃。此一計劃依其重要性，當如下述：

㈠土地改革
㈡水利工程
㈢肥料
㈣農民組織
㈤農貸
㈥動植物病蟲害防治
㈦良種繁殖
㈧家畜飼育
㈨鄉村衛生
㈩社會教育

從上述可知土地改革為最重要之工作，同時亦為最難推行之工作。需費甚少，但負責執行當局須有堅強意志。其精神成果，在社會意義上，乃無可衡量者。

最易而又最能收效之工作為水利。此項工作需要大量經費，但為人人所歡迎，其物質收穫，在增加生產上，乃最大者。

土地改革與水利工作相輔進行，則同時具有精神與物質兩重收穫。土地改革與水利工作乃解決落後地區問題之兩把重要鎖匙。倘耕者均能有其地，而復有充份之灌溉，則和平與繁榮之基礎已經奠定，憑此基礎，技術與農業科學始能發榮滋長。

遷台以後的農復會，一直積極投入土地改革工作，與蔣夢麟的主張有密切的關係。

為什麼蔣夢麟主張實施土地改革？從他所發表的論著加以歸納，大概有以下幾個原因。第一，蔣夢麟從歷史觀點，土地分配不均問題是幾千年來中國歷史上興亡關鍵之所繫。他說：「中國歷史上向來認為土地的主權是國家所有的。所謂『普天之下，莫非王土，率土之濱，莫非王臣』。即土地與人民均在國家主權籠罩之下。王莽收天下之田為王田，即本此意。北魏隋唐，實行受田。其根本意義，即國家有土地的主權，因此可以計口授田與人民。總裁本　總理『土地國有之法，不必要歸國有』的主張，引申而為『土地國有的原則，並不一定要將所全部土地收歸國有』。這樣是說，土地的主權是國有的。其所有權經法律的許可，可以為民有的。『耕者有其田』是經法律的程序，將土地所有權歸諸『耕者』。國家既操有土地主權，故可以拒絕把土地所有權給與不耕者。『限田』是『不耕者』在某種限度以內，亦可享受土地所有權。這個限度，在目前台灣限田政策之下，是凡在鄉不自耕的地主，得保留中級水田二甲，或旱田四甲，並得因等則之高下，而損益之。在其限外，均須轉政府之手售與耕者。土地的主權是屬於國家的。土地所有權經法律的程序（法律代表國家）可以收歸國有，如山林水利礦場等，亦可歸諸民有，如『耕者有其田』與『限田』。……據事實看，這三年多來，政府的政策，是雙管齊下的。一面實行『三七五』減租，要使有飯大家吃；一面努力增產，要使大家有飯吃。（註⑩）蔣夢麟認為土地改革可以解決幾千年歷史的困局，而有其歷史上的根據。

第二，蔣夢麟認為在二十世紀中國的狀況下，只有透過土地改革，才能達到「生產與分配並重」的目標。蔣夢麟說：「在中國目前的狀況下，祇講生產不講分配是不能解決問題的，所以農復會決定工作方針時，以生產與分配並重；務使增產的果實歸之於農民大衆。這個工作方針，可說是農復會的基本哲學，過去如此，現在也如此，未來的的工作方向，當然還是不變。『生產與分配』這個基本哲學，淵源於　孫總理的思想。　孫總理在民生主義中，對此有剴切說明。他說：『我們講民生主義，就是要四萬萬人都有飯吃，並且要有很便宜的飯吃，要全國的個個人都有便宜的飯吃，那才算是解決了民生問題。』又說：『我們要解決這個吃飯問題，是先要糧食的生產很充足，次要糧食的分配很平均。』又說：『中國的農民又是很辛苦勤勞，所以中國要增加糧食的生產，便要在政治上法律上制出種種規定，來保護農民。中國的人口農民佔大多數，至少有八九成，但是他們由很辛苦勤勞得來的糧食，被地主奪去大半，自己得到手的幾乎不能夠自養，這是很不平的。我們要增加糧食生產，便要規定法律，對於農民的權利，有一種鼓勵，有一種保障，讓農民自己可以多得收成。我們要怎麼樣能夠保障農民的權利？要怎麼令農民自己可以多得收成？那便是關於平均地權的問題。』又說：『照道理來講，農民應該是爲自己耕田，耕出來的農產品，要歸自己所有……假若耕田所得的糧食，完全歸到農民，農民一定是更高興去耕田的。大家都高興去耕田，便可以多得生產。』又說：『我們解決農民的痛苦，歸結是要耕者有其田，這個意思，就是要農民得到自己勞苦的結果；這種勞苦的結果，不令別人奪去。』——上邊我引了　總理的幾句話，證實『生產與分配』立論的正確，同時又可認識：『耕者有其田』這個主張，不僅是解決了分配問題同時又解決了生產問題的。」（註⑪）而且，蔣夢麟更進一步認爲，土地改革不僅可以經由公平分配而安定農村，而且是農業發展和工業發展的基礎。蔣夢麟早在一九五二年七月十八日就說：「土地改革工作，在工業專家眼中，純是農業問題，故多數工業專家對於這一工作漠不關心，或竟認爲多事。但因說明了這是安定農村的基礎，增加生產的要道，農村安定與農產增加，是發展農業和工業的共同基礎，工業專家也已逐漸瞭解這個問題的重要。」（註⑫）蔣夢麟在土地改革完成之前所提出的這些看法，後來都一一證實其正確性。

由於蔣夢麟的擇善固執，所以，土地改革這場蔣夢麟所說的「不流血的革命」（註⑬），在農復會的大力推動下，在台灣終於開花結果。

但是，我們在這裡可以提出一個問題：爲什麼蔣夢麟如此堅持在台灣推行土地改革呢？這固然是由於蔣夢麟主張生產與分配等量齊觀的一貫思想，但是也與蔣夢麟對台灣農村的考察心得有關。光復之初，台灣農村社會經過第二次世界大戰戰火的洗劫，農業生產力低落。一九四九年二月二十一日，農復會派委員蔣夢麟、穆懿爾、沈宗瀚等人來台灣調查台灣農業問題，組成〈台灣農業組織調查委員會〉，從七月十一日至八月九日共召開四次審查會議，撰成《台灣省農業組織調查報告書》。（註⑭）這份沒有公開印行的調查報告書對於當時台灣農業與農村的狀況提供了最翔實的資料。這份報告書指出，民國三十五年（一九四六年）時，台灣的人口總數目爲六百四十九萬七千七百三十四人，全省耕地面積約爲八十三萬一千九百五十一公頃，平均每平方公里耕地之人口密度已高達七百五十五人。全省農業人口爲三百五十二萬二千八百八十人，約佔總人口的五八．六％，平均每戶有六．七人，每戶平均耕地只有一．六公頃。由此可知，一九四六年時全台灣的總人口對土地的壓迫已甚爲嚴重；而農業人口對可耕地之壓力亦甚大。再加上全省農地分佈不均，西部平原佔了耕地的九十五％，而且自耕農僅三分之一，佃農及半自耕農高達三分之二。（註⑮）在這樣的客觀條件下，當時台灣農村的租佃制度多憑口頭約定，佃權缺乏保障，佃租更缺乏彈性（當時人稱爲〈鐵租〉），廣大的半自耕農及佃農生活十分艱辛，蔣夢麟面對台灣農民生活的艱辛，更加強他推動土地改革的決心。

一九五〇年代土地改革的成功，奠定了所謂「戰後台灣經驗」的初步基礎，創造了一九六〇年代中期以後工業發展的條件。從文化史的角度來看，戰後台灣農業發展的經驗，可以說是「農本主義文化」的塑造、轉化到崩潰的一段過程。塑造期是在一九五〇年代初期，一系列的土地改革政策是「農本主義文化」的强有力的塑造者；轉化期是在一九六〇年代中期農工不平衡、農業危機形成的這一段時間；崩潰期則是開始於一九七〇年代，台灣已完成經濟結構的轉變，農業已成夕陽產業，到了八〇年代經濟國際化、自由化的潮流中，所謂「農本主義」已日薄西山，走完它歷史的道路了。戰後台灣的「經濟奇蹟」，使傳統中國「農本主義」的文化從歷史的地平線上消逝。這是一段在中國文明的精神史上具有重大的意義的歷史經驗。蔣夢麟在台灣土地改革上，居於重要的地位。

三、人口問題

蔣夢麟對台灣農村復興的第二個看法是節育的主張。現在我們再就蔣夢麟所發表的言論，再進一步加以討論。

首先，我想指出的是，蔣夢麟所持的節育主張與土地改革是解決農村社會問題的一體之二面。蔣夢麟說：「台灣人口年增百分之三，若以本島人口六百五十萬爲基礎，則十五年後當增至一千萬，二十四年後當增至一千三百萬，即爲現有本島人口數之一倍。如此則現在平均每戶一甲半之耕地於廿四年後將減至七分半（合十一畝二分五）。比較福建龍岩縣之每戶十五畝還要減少三畝七分五，彼時台灣農民生活程度必將降低一倍，無論如何增加生產，如耕地面積不夠，生活程度必然降落。若現在我們多所避諱，不敢談生育節制問題，將來必蹈大陸上耕地不足之覆轍。……大陸上人口之壓迫爲近二百年來新發生之現象，前文已一再言之。我國歷史家與政治家但見二千年來歷史之教訓，以爲限田與均田足以打消兼併之害。不知現在我們的限田政策，不過救目前之急，非長久治安之道。因爲耕地太少，人口太多。不限誠有大害，限亦祇能達到吃不飽餓不死的苦境，無論如何增加生產，有其一定限度，且只能救一時之急。無論政治如何改良，租稅如何減輕，兼併如何限制，土地如何分配，此問題如不解決，人民生活程度無法大量改進，全民文化無法提高。這人口加於土地的壓迫是從漢到明所沒有的問題，現在放在我們跟前了。」（註⑯）蔣夢麟深刻地認識，推動土地改革時，如果不同時限制人口的增加，必然功虧一簣。他說：「經過限田扶農後，生產必然增加，但增產的結果並不是就可解決人民生活。爲什麼？因爲這裡有一個嚴重的人口問題。原來生產和人口的增加，必然呈相互競爭形態。就是說，生產增加人口亦必隨之增長，而且後者的增加率必然超過前者。」（註⑰）所以，爲了提升土地改革的成效，節育乃勢在必行。

面對這樣急迫的問題，蔣夢麟憂心如焚，所以，從一九五二年九月開始，農復會就開始研究台灣人口問題，談到農復會的人口研究，就必須提到巴克萊（George Barclay）博士，一九五二年九月，美國普林斯敦大學人口研究所獲得洛氏基金會一筆特別補助，該所即派遣巴克萊博士來台從事這項工作。農復會對這項研究共核定五項計劃，計台幣四百六十六萬一百元。巴克萊博士在台灣留到一九五三年六月，在台期間，曾協助台灣省政府主計處編纂出版一九五〇年之台灣第七次人口普查結果，由農復會補助主計處於一九五三年三月出版，名爲「台灣第七次人口普查結果表」並附一九四四年、一九四五年臨時戶口調查資料。

在以上的人口調查的基礎上，農復會也從一九五四年起開始推動家庭計劃。根據《中國農村復興聯合委員會工作報告》的歸納，台灣家庭計劃工作之發展可概分為下列四個階段：

1. 中國家庭計劃協會時期：

該會係一民間團體，於一九五四年成立，採用一般方法推行家庭計劃。

2. 台灣省婦幼衛生研究所時期：

該所於一九五九年至一九六二年間沿用一般方法，推行節育，並以家庭計劃為婦幼衛生工作之一部份。

3. 台灣人口研究中心時期：

該中心於一九六二年成立於台中市，在一九六二年與一九六四年間獲得美國人口研究局之經費支援及密西根大學人口研究中心之技術協助，從事有關推動家庭計劃之各項研究，特別著重在子宮內安裝樂普之研究。

4. 省衛生處與中國婦幼衛生協會時期：

省衛生處與中國婦幼衛生協會，自一九六四年起獲得相當數額之美援相對基金與美國人口研究局每年之贈款，合作承辦全省性五年家庭計劃方案。

在以上這四個階段中，不論是中國家庭計劃協會、台灣省婦幼衛生研究所、台灣人口研究中心或省衛生處與中國婦幼衛生協會，推動家庭計劃的經費多來自農復會。

但是，蔣夢麟的節育主張，與農復會所推動的節育運動，卻在當時的社會掀起喧然大波。反對節育的聲浪，一波波襲向農復會，尤其以來自政治教條主義者與天主教衛道之士的反對聲音最為激烈。立法委員廖維藩在民國四十九（一九六〇）年四月十五日，立法院第二十五會期第十四次會議時，更向行政院提出嚴厲質詢。

廖維藩反對節育運動，主要基於三個理由：第一，節育運動建立在「個人主義經濟學」之上，有害無益。廖維藩說：「個人主義經濟學之人口限制論，表面似為悲觀之說，實乃世界人口之剋星，何以言之？依馬氏每二十五年增加人口一倍之說，十九世紀初，美國人口約九百萬，何以迄今僅有一億六千萬人左右？德國人口約二千四百萬，何以二次大戰前僅有七千餘萬人？英國本部人口約千餘萬人，何以迄今尚不足五千萬人？法國當時人口較各國為多，已達三千萬人，何以迄今僅有四千餘萬人？一方表示二十五年增加一倍之說，已不攻自破。一方表示節制生育邪術，已發生實效。其受影響之最大者，輒為法國。」（註⑳）第二，節育是中共所推動的運動，廖維藩說：「大陸共匪，較諸蘇共，尤屬後來居上，青出於藍。當民國三十八年竊奪政權後不久，人民死於清算鬥爭及大量失蹤與黑夜運送郊野屠殺活埋者，即已達二千萬人。旋不斷而起之土改集體農場及三反五反而置人民於死地者，又不知有若干萬千人矣。而死於奴工營勞工營集中營以及修路修河開礦之苦役餓倒病倒者，更不知有若干萬千人矣。死於人禍所引起之天災，尤不知有若干萬千人矣。實行新婚姻法，號召天下淫亂，並推行節制生育運動（共產主義與個人主義合作），制婦女之死命而犧牲人口者，亦不知有若干萬千人矣。迄民國四十七年八月二十九日以後，實行所謂『人民公社』制度，其悲慘情狀，尤甚於以前種種也。民居拆除，園地鍋畑碗筷桌椅板凳沒收，簇集公共宿舍，餓倒公共食堂，家庭破毀，父子兄弟妻兒離散，軍事編制，奴役山野，外人視為牛羣羊羣或動物園者，尚不能形容其怪象苦況於萬一也。共匪之為中國人口之最大剋星，中華民族之最大敵人，罪惡滔天，遺臭萬年，已成鐵之事實矣。乃自由中國少數個人主義者，仍襲新馬爾薩斯主義之謬論，倡導節育運動，以圖減少人口，誠不知天下有羞恥事矣。」（註㉑）第三，推行節育運動違背國策。廖維藩又說：「國父在民族主義第二講云：『自古來，民族之所以興亡，是由於人口增減的原因很多。』是人口增加，可使民族興盛，人口減少，可使民族衰亡，此天之理人之事也。人口增殖矣，人民生活究應如何充實？國父在建國大綱第二條云：『建設之首要在民生，故對於全國人民之食、衣、住、行四大需要，政府當與人民協力共謀農業之發展，以足民食；共謀織造之發展，以裕民衣；建築大計劃之各式屋舍，以樂民居；修治道路運河，以利民行。』人民生活充實矣，教育又將如何實施？國父在地方自治開始實行法云：『凡在自治區域之少年男女，皆有受教育之權利。學童書籍與學童之衣食，均當由公家供給。學校之等級，由幼稚園而小學而中學，當按級而登，以至於大學而後已。教育少年之外，當設公共講堂、書庫、夜學，爲年長者養育知識之所。』又在民族主義第六講提出恢復『固有道德』及『固有知能』以爲教學之方針。國父三民主義之人口政策，蓋亦孔子庶富教之遺意也。總統蔣公在三民主義之體系及其施行程序記國父之言曰：『中國有一個道統，堯、舜、禹、湯、文、武、周公、孔子相繼不絕，我的思想基礎，就是這個道統，我的革命就是繼承這個正統思想，來發揚光大。』今日三民主義已成爲中華民國憲法之宗旨，第一條即云：『中華民國基於三民主義，爲民有民治民享之民主共和國。』是庶富教之人口政策，即爲中華民國之國策，亦即民族繁衍、經濟發達及教育普及之國策也。今之食新馬爾薩斯主義之唾餘，而提倡節制生育運動者，實屬違背國策。何況人口政策應以整個國家爲對象，何得在一隅之地施行。正值共匪在大陸大量毀滅人口之際，獎勵人口增殖之不暇，何得推行節育運動，減少人口。在台省單獨推行節育運動，豈錄爲一國乎？兩個中國爲國際之陰謀，吾人可安於兩個中國，不言反攻復國，而坐以待斃乎？此種違背國策之節育運動，實爲亡國滅種之運動。」（註㉒）廖維藩的言論，頗獲當時一部份人士的響應。立法委員董微就以「反攻大陸，需要兵源」爲理由，認爲台灣人口增加是好現象。（註㉓）

在當時的政治氣氛之下，各方壓力如排山倒海而來，農復會迫於形勢，在民國四十九（一九六〇）年四月二十六日以農（四九）衞字第四二六〇號函內政部轉呈行政院說明節育運動「既未列有預算亦未撥付任何經費補助。至本會目前補助彰化天主教修女醫院，辦理婦嬰門診，花蓮基督教門諾會，擴建醫院，收容山胞病人，以及台中省立婦幼衞生中心，推廣婦嬰衞生工作等項，均爲推行農村建設之鄉村衞生工作，並非節育運動。」（註㉔）行政院以書面答覆說：「自去年四月十四日蔣夢麟博士發表有關台灣人口問題言論後，曾引起各界人士之討論。在人口政策未訂定前人民對此問題之研究與發表意見，應享有自由。節育係自覺自動之志願行爲，人民是否實行節育，悉憑當事人自己之選擇，不能強加干涉，蔣夢麟博士之主張，自係其個人對台灣人口問題發表之意見。」（註㉕）實際上，這些說明都是遁辭，在反對聲浪消逝之後，《中國農村復興聯合委員會工作報告》第十八期就明白承認，台灣家庭計劃的推動單位如中國家庭計劃協會、台灣省婦幼衞生協會、台灣人口研究中心、台灣省衞生與中國婦幼衞生協會的「財源均由本會撥付」（註㉖）。在對台灣節育運動的堅持這件事上，蔣夢麟擇善固執的精神表露無遺，很能展現他那種「自反而縮，雖千萬人，吾往矣」的做事風格！

四、農會改組及森林問題

蔣夢麟對台灣農村復興的第三個看法是農會改革。在一九四九年十二月蔣夢麟所執筆的〈農復會工作基本思想之演進〉一文之中，他就主張農復會「不應該自行設立機構以與地方原有機關相競爭。農復會僅尋求經辦機關推行本會所定計劃。換言之，即吾等扶助原有地方機關繼續存在，繼續生長，並不與之競爭，使之萎縮，而終至消滅。……農復會所用之方法則爲扶植此一原有機構，並瞭解其需要。如該機構值得扶植，則吾等選之爲負責辦理本會計劃之機構。吾等予以補助，使之能繼續並改進其工作。吾等所選擇之經辦機構均爲農村原有組織，農村原有事業之一部份。吾等注射新血液……於該等原已貧弱之機體，使之恢復活力。因此，吾等之工作乃眞能直透農村生活之核心者。……農民組織倘能有效發展，將爲推行一切農村改進及保護農民自身權益之有力機構，同時亦爲民主政治堅强之基礎。台灣農會過去甚有成就，惟自光復以後，農會與合作社分離，若干問題因以發生，故本會乃建議合併改組，俾能充份發揮效能。」（註㉗）

爲了實踐農會改組的主張，蔣夢麟乃在一九五一年九月邀請美國康乃爾大學教授安德生來台灣研究農會問題，提出《台灣之農會》研究報告，並據此推動台灣農會的改革。一九五〇年代初期對農復會所推動的台灣農會改組就是以安德生報告作爲基礎而展開的。

蔣夢麟基本上將農會改組當作是一種社會改革運動，他說：「因爲農會、漁會、水利會的改組，增强了各類農民團體的組織，經營效率，而且因爲各類農民團體的集會和推選職員都依循民主方式進行，供給了農民運用四權的機會。凡此種種，對於促進產銷合作，發展農村經濟以及建立一個民主社會的努力，都將具有深遠的影響。」（註㉘）蔣夢麟認爲農民組織的改革，必須建立在草根的基礎上，他在一九五九年說：「我們的基本態度是協助農村人民解決他們自己的問題，而不是強制人民推行某一種工作，這是民主方式的一種運用。」（註㉙）農復會所推動的台灣農會改組的具體史實看來，蔣夢麟的想法在一九五〇年代的農會改組中，已在相當大的幅度內落實了。

蔣夢麟對台灣農業的第四個重要意見集中在森林問題。他在一九五一年七月發表文章，就從中國歷史上森林慘遭破壞的教訓，指出台灣森林問題必須加以注意，蔣夢麟說：「人口滋生過速，還有一個問題，就是把森林毀壞了，清代解決了衣食問題，可是沒有注意到燃料問題。於是二百年間把森林燒成了灰燼。到近幾十年中，南方燒掉了森林，祇好燒稻草，北方甚至燒馬糞。還有造房子、製棺材，都要用木料的。台灣六百五十萬人口，每年燒掉五十萬公噸木柴，此外還燒掉五萬公噸木炭。其他造房子製傢俱等尚不在內。如以台灣爲比率，四萬萬人口，每年祇木柴一項，要燒去三千萬公噸。一百年之中，要燒去三十億公噸。所以明代每百年平均水災次數爲三十八次，到了清朝，驟增到三百二十八次。明代每百年水災次數較元代大減。因明初五十年間，全國廣修堤壩。只就洪武廿七至廿八兩年而論，全國修堤計四萬餘處。黃河經五代之亂而失修，至北宋而始有河患。其根本原因爲北方森林久經毀壞，河道逐漸淤塞所致。明代旱災，並不因大量築堤而減少。因旱災多在北方，亦爲森林久經毀壞所致。築堤可防水災而不能禦旱災。恢復森林，非五十年不能見效。燃料問題不解決，森林甚難恢復。用煤則須開礦，運煤則須鐵路，治河則須大規模的機器和資本。這都是屬於工業的範圍。」（註㉚）

從以上的言論中可以看出，蔣夢麟認爲農業與農民的各種問題，都是互有關聯的。他認爲，人口如過度膨脹，必然會造成「農民爲了擴地增產、開伐樹木、發展山田、或者就林地改種香茅，也有藉樵薪增加收入。因之森林日少，發生水災。」（註㉛）而森林的被破壞，也會連帶影響農田水利設施。（註㉜）蔣夢麟的敏銳，正在於他從不把任何農業或農民問題，孤立起來加以觀察。他總是把個別問題置於一個有機整體的脈絡中來思考。

更值得進一步指出的是，蔣夢麟常能在技術問題之中敏銳地看出其中非技術性因素。例如以台灣森林問題而言，台灣島上的森林原有基礎，民國三十六（一九四七）年台灣省政府農林處在接收報告中就說：「台灣擁有天然森林。日本佔據五十一年中，曾有積極的設施，故林業特別發達」。（註㉝）但是光復以後，台灣森林大量被盜伐，被破壞情況至爲嚴重。早在一九五二年五月十五日，蔣夢麟就發表文章，明白指出：「現在的森林問題，我認爲是政治問題。用政治力量來保林，其難不在於已砍去的地方植林，而在於未砍去的地方保林。不能保林，就談不到植林。植林是技術問題，只要有經費，有專家就可辦到。保林便不如此容易。立法、行政、司法、執行、管理，都有關係。……當我旅行本島的時候，嘗問地方人士山林警察爲什麼不禁止砍木與燒林，他們的答覆有兩種：一說警察人數不夠，常受老百姓的威脅，不敢阻止。另一種說警察與老百姓勾通。這兩種解釋，大概有相當來由。」（註㉞）蔣夢麟將台灣森林問題視爲政治問題，實在是一個深刻的見解。

我們只要對光復後台灣森林問題稍加分析，就可以完全肯定蔣夢麟在一九五二年所說「森林問題是政治問題」的論點之深刻與具有遠見。例如光復以後台灣省林務局之連年虧損以及大雪山林業公司之種種問題，多起於人謀不臧亦即政治問題。誠如張憲秋在回憶錄中所說：「不屬林務局而直屬省政府之大雪山林業公司，係工業界爲發展本省木材工業而設立。特自國有林區中劃出大雪山林區交由該公司經營管理。依美國顧問公司建議，購美製高速鋸木機械設廠，長身卡車運材。但亦連年虧損。黃主席命我查究原因。我乃組成專家小組，請農復會森林組楊志偉組長召集農復會與林務局專家參與。調查結果發現該廠虧損，主要因所購高速鋸木機與長身卡車，適用於美國華盛頓州平地人造森林，每根圓木均全圓，筆直，極長。台灣山坡地天然林之圓木難呈全圓筆直，長度不一。此種圓木投入高速機，所得標準尺寸之製材率偏低，損耗過大。台灣圓木實無須長身卡車。該公司既購長身卡車，所築運材林道轉彎與寬度必須加大，規格提高，築路與養護成本與利息負擔均高。公司虧損實因設廠時所購設備過於新式，不合我國地理環境。因爲林業機構虧損，林務局係由於外來與內在交織之多年積弊。除弊之舉須主管洞悉原委，對症下藥，持之以堅方克奏效，非農復會專家所能協助。大雪山林業公司之問題爲技術選擇錯誤，農復會專家乃能立竿見影，發揮所長。」（註㉟）

綜合以上所述，蔣夢麟對台灣農業問題的看法主要集中在土地改革、人口節育、農會改組及森林保護四大方面，可謂大處著眼。蔣夢麟不僅將農業各項個別問題均置於整體脈絡中考察，而且能在農業技術問題的表象之下，指出其政治之本質，目光銳利，能見人之所未見。

五、領導風格

蔣夢麟從一九四八年農復會成立以來，出任主任委員，一直到他一九六四年逝世爲止，領導農復會共十六年，他的思想決定了早期農復會的基本原則與工作方針，對農復會產生深刻的影響。現在，我們從相關史料來勾勒蔣夢麟領導風格的幾個突出面向。

首先，蔣夢麟是一個大處著眼，以簡御繁的人。在一九五〇年代以及一九六〇年代中期以前的台灣農業界，教育家出身的蔣夢麟好像一隻老鷲孤寄長空，俯視戰後台灣百廢待舉的農村，所謂「自提其神於太虛之上而俯之」，以博大沉雄的氣魄主導土地改革、人口問題和農會改組等大問題，一般日常業務則交給秘書長蔣彥士。蔣彥士曾回憶當時情況說：「提高農村生活水準，這是農復會最終的目標，但是如何才能提高？當時就顧及社會問題、土地改革、教育問題、衞生問題、人口問題，都是社會問題，這些在討論時都已提出來了。蔣夢麟先生就說：『土地改革問題、人口問題、農民組織問題，這三個問題我多花時間來想、來研究，其他事情你們去想』。蔣夢麟先生抓住這三大問題，他也和我講過（他叫我Y・S・）：『我旁的事情不管，就這三個問題我來想。』但後來我們覺得增產的問題一定要做，假如農民不增產則一切無從做起。」（註㊱）基本上，蔣夢麟的領導風格是從制度性的改革入手，至於技術性的生產、育種等業務，則交給各技術組全權推動。蔣夢麟這種領導方式，給予他領導下的農復會技術人員極大的發揮空間，將他們的潛能施展到極限。蔣夢麟是一個沈宗瀚所說的「管大事不管小事的人（註㊲）」，他善於綜合各專業人員的意見，匯成農復會整體的看法。蔣夢麟的領導風格具體地展現了「識人、用人、容人」的精神。

其次，蔣夢麟的領導風格另一個突出面是他勇於擔當，並勇於爲部屬承擔責任，所以使部屬樂於全力爲其馳驅。

民國三十年抗戰如火如荼的期間，蔣夢麟出任中國紅十字會會長，赴全國各地視察壯丁收容所，發現役政腐敗，壯丁大量死亡，乃撰寫視察報告呈報當時的最高當局軍事委員會蔣委員長，終於導致主辦徵兵業務的兵役署長被判死刑。（註㊳）這一段往事很能說明蔣夢麟勇於負責的任事風格

（註㊴）。這種風格到了農復會時代也是一仍舊慣。農復會的水利工程師章元義的回憶錄，很有助於我們對蔣夢麟的瞭解。章元義說：（註㊵）

> 我覺得蔣先生是一位有擔當的主管，事無鉅細，一旦出了毛病，蔣先生總是待罪的羔羊。有一次，在一個有權威的機關開會，我事先答應他用書面寫出我的意見。寫好之後，送給他過目。他看過後說：「工程師，你一向辦事我都放心，可是你這次真有了問題，你知道你這樣一來要得罪了多少人嗎！」我說：「上次為某件事，你向總統提出報告，結果有些人被你整掉；這次人家來整我，等於是整你，如果不將事情說明白，明天你又發脾氣告御狀，豈不是一定要告輸了。」蔣先生聽過之後說：「你什麼事知道，這倒看你不出。」他老人家叫我將公事交給了他，由他寫信給那個單位主管。信上說：「章君所寫各副件，經弟閱後，認為內容尚稱允當，應予轉送。」有這樣一位肯負責的老闆，再加上農復會本身是一個不愁經費的機關，於是就養成行我所欲行、言我所欲言的習慣。

蔣夢麟之所以任事有擔當，勇於爲部屬承擔責任，固然是由於他一貫的領導風格；但是他的前半生政治閱歷豐富，人脈暢通，也是一個重要因素。蔣夢麟曾任國民政府教育部長，北京大學校長、行政院秘書長、中國紅十字會會長……等重要職位。來台後以其資歷與清望領導農復會，使農復會部屬時時有「大樹底下好乘涼」的感覺。張憲秋就說：「農復會之高度自由，與職員之待遇，當時較公教人員高出甚多，農復會極易招人之忌，但因蔣主任委員之人望，與先總統蔣公與陳故副總統對其信賴有加，使農復會樹大而未招風。當年蔣夢麟先生掌農復會，胡適之先生掌中央研究院，梅貽琦先生掌教育部，以前均曾任北京大學或清大校長，多年故交，人稱三老博士，均為陳故副總統極常諮詢之人。當時財經首長嚴前總統、徐柏園先生、君仲容先生與楊繼曾先生等則以長者之禮事蔣先生。立法委員中多北大畢業生，蔣先生為老校長。」（註㊶）張憲秋的證辭，很能說明蔣夢麟領導農復會時的實情。

六、結論

在這篇論文終篇之際，我想再將蔣夢麟與農復會第二任（一九六四～一九七三）主任委員沈宗瀚（一八九五～一九八〇）略加比較，以彰顯蔣夢麟在台灣農業史上所扮演的特殊角色。

一九六四年六月十九日，蔣夢麟以七十八高齡逝世，農復會主任委員由沈宗瀚接任。沈宗瀚（一八九五～一九八〇）與蔣夢麟有若干相似之處。沈宗瀚自幼立志學農，從一九一八年北京農業專門學校畢業之後，赴美入喬治亞大學，終獲康乃爾大學博士，畢生在農業部門工作。蔣夢麟也是先學農業，後改學教育。他在《西潮》中回憶少年時代農業的想法是：「中國既然以農立國，那末祇有改進農業，才能使最大數的中國人得到幸福和溫飽。」（註㊷）後來雖轉學教育，但他人生的最後的十六年卻完全在農復會工作。

不僅在學農的求學歷程相似，在對農復會工作方針的決策上，蔣夢麟與沈宗瀚也在大方向上取逕近似。沈宗瀚曾回憶農復會成立初期，五位中美委員討論工作方向時：「晏陽初先生主張應從擴大民眾教育著手，然後進入農村經濟的發展。夢麟先生和我則主張先積極增加農作物的生產，改革若干阻礙生產的重要因素——如不合理的租佃制度等——入手，以應中國當時情況的急需。我與穆懿爾先生是學農的，所以在農業增產方面多加注意。夢麟先生則多注意社會改革方面的工作。如土地改革、農會、漁會、水利會的改組，以及後來提倡的四健教育，與謀求人口問題的解決等。如此分工合作，農復會始能有今日的成就。」（註㊸）沈宗瀚所說的，與史料所見的實情，大致符合。但比較而言，蔣夢麟比較重視農業制度（如土地制度、農會組織）與人口問題；沈宗瀚則是專業的農藝學者，他比較强調農業生產問題。

沈宗瀚與蔣夢麟之所以會有這種同中之異，固然與他們的教育背景有關，但是最重要的是他們所處時代的變遷。所謂「知人論世」，我們比較蔣夢麟與沈宗瀚必須扣緊他們所處的時代背景。蔣夢麟主持農復會的時期（一九四八～一九六四），可說是戰後台灣農業的黃金時代。統計資料顯示：一九四五～一九五二年之間，台灣農業產出的平均年成長率高達一二・九〇%，一九五二～一九五六年之間雖降爲四・九六%，但仍十分可觀。就台灣農業投入的指數來看，如以一九三五～一九三七年爲一〇〇，則一九四五年爲七五・八五%，一九五〇年爲九九・〇九%，一九五五年爲一一二・七九%，一九五六年爲一一五・四九%。（註㊹）整體而言，在一九六〇年代中期以前，台灣的經濟重心在農業，所以作爲農復會主任委員的蔣夢麟，在各種主觀及客觀條件的配合，領導農業部門自然容易發揮。

但是，到了民國五十三（一九六四）年沈宗瀚接掌農復會的時候，光復初期農業的盛況已不可復識。例如，農產品與農產加工品的輸出值在總輸出值中所佔的比例，在一九五二年佔九二%，一九五六年佔八三%，一九六〇年佔六七・七%，到了一九六四年降到五七・五%，此後一路下降到一九八〇年成爲九・二%。（註㊺）就農家收入佔非農家收入的比例來看，一九五三年時前者是後者的七五%，到了一九六四年降爲六一%。一九六五年非農業產值開始越過農業產值，鄉村人口開始大量外流，以後維持穩定的外流。（註㊻）農業人口的大量外流，正是「農業的秋天」來臨的一個重要徵兆。更雪上加霜的是，從一九六五年起美國經濟援助宣告停止，農復會的經費中由美國發展基金會撥付的數額大爲減少。

以上所敍述的時代背景的變遷，可以相當有效地解釋蔣夢麟與沈宗瀚領導農復會風格之所以不同的原因。蔣夢麟和沈宗瀚像兩位篤實的老農，在台灣農村的大地上，用鋤頭寫歷史。蔣夢麟在台灣農村這塊大畫布上所畫的是潑墨山水，他大處著眼，勾勒戰後台灣農業與農村發展的基本格局；但是，沈宗瀚所畫的是工筆畫，他所處的時代農業基本架構已大致底定，而「農業的秋天」已悄然來臨，作爲農復會主任委員的沈宗瀚確有一種「高處不勝寒」、「傷心最是近高樓」的深刻感受。他必須兢兢業業，努力提昇農業的生產力與農民的收益。蔣夢麟在一個大開大闔的時代，他可以高瞻遠矚，不顧細節；但沈宗瀚在一個農業危機日益嚴重的時代裡，他必須「紮紮實實」（註㊼），以免隕越。蔣夢麟在戰後台灣所以能佔有重要地位，與他所處的時代背景，實有密切之關係。

註釋：

①蔣夢麟，《西潮》（台北：世界書局，一九七八）。參考：張瑞德，〈蔣夢麟早年心理上的價值衝突與平衡〉，《食貨月刊》，第七卷第八，九期（一九七七年十一月），頁七八～八四。

②關於一九三〇～一九三七這一段時間的北京大學，參考：楊翠華，〈蔣夢麟與北京大學，一九三〇～一九三七〉，

《中央研究院近代史研究所集刊》，第十七期下冊（一九八八年十二月），頁二六一～三〇五。

③蔣夢麟，《西潮》，頁五三。

④《西潮》，頁二〇三。

⑤James Yen, Letter to George C. Marshall, Secretary of State, U.S.A.（NSC. Sept., 30, 一九四七），原件未見，此處係轉引自：吳相湘，《晏陽初傳》（台北：時報出版公司，一九八一），頁五〇五。

⑥關於晏陽初奔走促成農復會創立的詳細經過，參考：吳相湘，《晏陽初傳》，第十章，頁五〇二～五八六。

⑦蔣夢麟，《新潮》，頁二四～二五。

⑧《新潮》，頁一四～一五。

⑨蔣夢麟，〈農復會工作基本思想之演進〉，收入：氏著，《孟鄰文存》（台北：正中書局，一九五四～一九七四），頁一四〇～一四一。

⑩蔣夢麟，〈爲什麼要限田？限田以後怎麼辦？〉，收入：氏著，《孟鄰文存》，頁九〇～九一。

⑪蔣夢麟，〈台灣三七五減租成功的因素及限田政策實施後的幾問題〉，收入：《孟鄰文存》，頁一五～一六。

⑫蔣夢麟，〈台灣農業與工業發展之原則及其實際問題〉，收入：氏著，《孟鄰文存》，頁七一。

⑬蔣夢麟，〈自由中國之土地改革〉，收入：氏著，《孟鄰文存》，頁七七～八七。

⑭《台灣省農業組織調查報告書》（台灣省政府農林廳編印，一九五〇年一月），未刊打字油印本。

⑮同上書，頁三及第一表。

⑯蔣夢麟，〈土地問題與人口〉，收入：氏著，《孟鄰文存》，頁一一一～一一五。

⑰蔣夢麟，〈台灣三七五減租成功的因素及限田政策實施後的幾個問題〉，收入：《孟鄰文存》，頁一〇一。

⑱《中國農村復興聯合委員會工作報告》第五期（民國四十二年七月一日至四十三年六月三十日），頁一三七。
⑲《中國農村復興聯合委員會工作報告》第十八期（民國五十五年七月一日至五十六年六月三十日），頁九〇。
⑳《立法院公報》，第二十五會期，第九期，第十四次會議，民國四十九年四月十五日，〈本院委員廖維藩爲人口問題向行政院提出質詢〉，頁三六～四三。
㉑同上註。
㉒同上註。
㉓《立法院公報》，第二十五會期，第二期，第四次會議，民國四十九年二月二十六日，頁六九。
㉔《立法院公報》，第二十五會期，第十一期，民國四十九年七月十二日，頁二六。
㉕《立法院公報》，第二十五會期，第十二期，第二十六次會議，民國四十九年七月二十二日，頁四。
㉖《中國農村復興聯合委員會工作報告》第十八期（民國五十五年七月一日至五十六年六月三十日），頁九〇。
㉗蔣夢麟，〈農復會工作基本思想之演進〉，收入：氏著，《孟鄰文存》，頁一三七及頁一四一。
㉘蔣夢麟，〈政府在台十年的農村建設及其影響〉，《中國地方自治》第十二卷，第一期（一九五九），頁二二。
㉙蔣夢麟，〈政府在台十年的農村建設及其影響〉，《中國地方自治》第十二卷第一期（一九五九），頁二一。
㉚蔣夢麟，〈土地問題與人口〉，收入：氏著，《孟鄰文存》，引文見頁一一三～一一四。
㉛蔣夢麟，〈台灣三七五減租成功的因素及限田政策實施後的幾個問題〉，收入：氏著，《孟鄰文存》，頁一〇一。
㉜參看：蔣夢麟，〈台灣農業與工業發展之原則及其實際問題〉，收入：氏著，《孟鄰文存》，頁七一。
㉝農林處，〈台灣光復後之農林設施〉，《台灣銀行季刊》創刊號（一九四七年六月），頁一八四～一九五，引文見頁一九〇。

㉞蔣夢麟，〈運用政治的力量保持森林保子孫〉，收入：氏著，《孟鄰文存》，引文見頁一六二～一六三。

㉟一九八九年六月張憲秋先生訪問記錄，收入：黃俊傑編，《中國農村復興聯合委員會史料彙編》（台北：三民書局，一九九一）。

㊱蔣彥士先生一九八八年十一月一日訪問記錄，收入：黃俊傑編，《史料彙編》。

㊲沈宗瀚，〈悼念蔣孟鄰先生〉，《傳記文學》第五卷第三期（一九六四年七月），頁八。

㊳蔣夢麟，《新潮》，頁四〇～四九。

㊴關於蔣夢麟的領導風格，可參考：錢月蓮，《蔣夢麟與台灣農業農村之復興》（台北：中國文化大學碩士論文，一九八八），頁八四～八六。

㊵章元義，《中人回憶——一個水利工程師的自述》（台北：豐年社，一九八二），頁三〇三。

㊶一九八九年六月張憲秋先生訪問記錄，收入：黃俊傑編，《史料彙編》。

㊷《西潮》，頁五一。

㊸沈宗瀚，前引〈悼念蔣孟鄰先生〉，頁七。

㊹李登輝、謝森中，〈台灣農業發展的經濟分析——投入產出及生產力之分析〉，收入：黃俊傑編，《面對歷史的挑戰》，頁一一七～一六七，引用數字見頁一二五及一三〇。

㊺Taiwan Statistical Data Book（1982）,p.189.

㊻參考：廖正宏等，《光復後台灣農業政策的演變》，頁三四五～三四六。

㊼張憲秋形容沈宗瀚語。見：張憲秋，〈評論〉，收入：黃俊傑編，《面對歷史的挑戰》，頁三三九。

（本文作者現任台灣大學歷史系教授）

綜合討論

■編輯部

時　間：八十年五月二十日上午九時
地　點：台北市復興南路一段「文苑」
主　席：吳同權（行政院農委會主任秘書）
論文撰述：黃俊傑（台灣大學歷史系教授）
傅佩榮（台灣大學哲學系教授）
特約討論：陳三井（中研院近史所副所長）
蘇雲峯（中研院近史所研究員）
王樹槐（中研院近史所研究員）
蕭正心（國際扶輪社第三四八區總監）
列　席：祝基瀅（文工會主任）

文工會主任祝基瀅先生致詞：

蔣夢麟先生曾任北大校長、教育部長，民國三十七年農復會成立時，他擔任第一任主委。在政府遷台後，農復會對台灣農業發展與整個經濟發展的貢獻，大家都很了解，今天在農業政策方面，由於當年農復會精心的設計、執行，才使得我們的經濟成就，普獲世界各國一再的肯定。不僅如此，農復會在人口、土地、農業、森林等多項政策的規劃，也已成為世界其他國家制訂相關政策的典範。

我個人也曾深受農復會許多政策的益處，在民國四十八、九年，我撰寫政大碩士論文時，題目是「農村讀者讀報習慣調查」，而論文能夠完成，可說是獲得農復會大力幫助所致，他們協助我在龍潭一帶調查，因為他們認為那裡是典型的農村，是典型農業人口的區域，我實地在那裡進行深入的調查，並完成研究，那是政大新聞研究所中，第一次以實地調查來撰寫的碩士論文。

農復會在蔣先生領導下，尚有另一重要的成就，即在農業人才方面，培養了許多政治上的領袖人物，包括我們的李總統、總統府蔣秘書長、農委會余主任委員等，都曾經在農復會服務過。我對蔣先生在學術、事業上的成就都非常仰慕，今天藉此研討會，相信不僅可以對他一生的事業功蹟有更深入的認識，也能對今後國家相關政策的發展有所貢獻。謝謝各位今天的蒞臨、指教。

主席致詞：

今天的會議本來是由農委會余主任委員玉賢主持，但他因另有要公，不克前來，指派本人代為主持這次研討會。

對蔣夢麟先生，各位都有相當深入的研究與認識，他一生竭盡心力，想解決中國的飢餓、貧窮、社會不安等問題，他認爲要解決這些問題，必須從教育、文化、農業等著手。事實上，他在美唸書時，便是先讀農業，再改讀教育，故他一生事業也投注在這兩方面。

他是近代能學貫中西、融合傳統與現代文化的知識分子。在教育、文化方面，他不主張揚棄傳統的中國文化，而希望能保存固有的良好文化，但也不排斥西方的文化，特別是在民主、科學、法律制度等方面。

在台灣早期經濟建設上，農業是很重要的一環，而當年農復會對經濟的貢獻，是大家有目共睹的。早期的農業成就可以說大都是在蔣先生的領導、策劃下所完成的。

有關農業方面的作法，特別是制度的改革，如土地改革、人口政策（即家庭計畫）、森林、水利的興建等，黃教授的論文有精彩的發揮。有關文化、思想方面，傅教授以「西潮」爲例，談蔣先生是如何融合中西的文化，見解精闢，值得深思。

論文發表（略）

陳三井：

蔣夢麟先生是一位有所爲、有所不爲的近代學人、知識人；也是一位有抱負、勇於負責的教育家，吳相湘甚至認爲他在民國教育史上的地位僅次於蔡元培；更是一位腳踏實地的農村工作者、土地改革家。蔣先生對台灣的兩大主要貢獻：一是主持領導農復會達十五年之久，用科學與技術的力量從事農村復興工作，促進農村的現代化；二是由培育動物和植物，進而作育人才，爲國家社會培養不少傑出的政治領導人才。

以下先就黃教授的大文，提出兩點淺見，備供參考：

第一、黃教授從事農業史、台灣農村發展的開創性研究多年，出版過「沈宗瀚先生年譜」、「光復後台灣農業政策的演變」、「農復會與台灣經驗」等書，最近他把訪問農復會前輩的口述歷史訪問記錄，交給近史所，即將出版。換言之，他手中掌握的資料應比別人超出很多，但是，不知是由於篇幅的限制，或者爲避開與以前大作重複雷同，在寫本文時似乎沒有充分加以引用或參考，做更大的發揮，例如蔣夢麟先生的領導風格，農復會的組織架構與特色等。再如文中提到蔣先生提倡人口節育引起軒然大波之事，究竟他是怎樣興起這一個念頭，除了文中所提到的思想淵源外，實際在台灣的幾次環島考察恐怕不能不提。

據張研田先生指出，經過多次的下鄉考察，蔣先生發現了民間疾苦，發現了家庭愈窮而生育愈多、生育愈多而貧窮愈甚的惡性循環。他基於悲天憫人的惻隱之心，要把這一惡性循環的死結解開，才不顧別人的反對，推行了節育的計劃。

第二、關於蔣夢麟先生的領導風格，黃教授引沈宗瀚語，以「管大事不管小事」和能「識人、用人、容人」來肯定他，大體我都同意。但在民國十九年教育部長任內，誠如「西潮」中自述，蔣先生曾因中央大學易長與勞動大學停辦事，遭黨國元老吳稚暉嚴厲指責，說他「無大臣之風」，吳認爲部長是「當朝大臣，應該多管國家大事，少管學校小事」。不同的時空，不同的人物，而對主人翁有截然不同的評價，這是很有趣而耐人尋味的事。究竟是吳稚老責人太過，抑蔣先生事後脫胎換骨，改變作風？或農復會制度不同於一般官僚體系，有較大的自主空間使然？不知黃教授看法如何？從這裡似乎也可以看出蔣夢麟先生個人的氣度和修養。當下台即下台，毫不戀棧，這是否也是一種大臣之風？

至於傅教授的大作，是我所看到的談「西潮」最深刻的一篇文章，文章最後，他以「西潮」和「河殤」相比，認爲在關心中國處境、找尋中國出路的用意相似，一個肯定長江，一個批判黃河，這是很有見地的看法。一、二年來，談「河殤」的文章很多，傅教授也寫過幾篇大文，個人都有機會拜讀。蔣先生晚期還寫過「新潮」，寫的是後半生，僅完稿五章。「西潮」講外來文化對中國的衝擊，「新潮」談內部自發性的變動而形成的一股巨大潮流。我很想請傅教授就「西潮」與「新潮」做個簡單比較，一定會帶給我們更多的啓發性。

王樹槐：

我想就蔣先生的風範略抒己見。大家對他都非常熟識，但知之最明者是他自己，他曾用三句話說明他自己的風格：

一、以儒立身——對父母曰孝，對兄弟姐妹曰悌，他都能做到，他對朋友友愛，對下屬仁慈、有擔當，也是基於儒家的忠恕之道，亦即禮。

二、以道處世——他的處世態度是無爲而治、瀟灑達觀，認爲應該「生而不有，爲而不恃，功成而弗居」，雖然他在不同時間會有不同表現，但大致如此。

三、以鬼子辦事——他重視邏輯、條理，做事注重全盤考慮。

他認爲儒家的學問可分爲二：一是有益於世道人心者，他以此從事教育、道德之作；一是有補於國計民生者，他因此從事農復會的工作，倡言節育，興建水利。

陳雪屏先生將他的性格歸納成八個字：「和光同塵；擇善固執」，前者語出莊子，後者從論語而來，也就是他自己所說的「以道處世，以儒立身」，其成功在此，婚姻之失敗也在此。他遇事先研究，廣納各方意見，既定之後，則固執之。民國十九年時，他因得罪黨內三元老，辭去教育部長，抗戰時曾指責兵役行政，得罪不少將領，他堅持節育，不計毀譽，這些都是他擇善固執的性格所致。

至於其學問，並非有何特出之處，民國四十五年，張其昀教育部長頒「當代儒宗」匾額給他，有過譽之嫌。葉公超先生則說他並非治學的學人。但是他的興趣很廣，對中西文化都有興趣，對中國聲韻學、書法也有研究，「傳記文學」四個字即其所題。或許是因爲涉獵廣，以致博而不精，再加上本身的工作繁重，正如沈剛伯先生所言：「欲圖某種思想之徹底，則勢所不許，欲圖各種學說之協調，又無從著手。」因而無法尋出一貫之道，惟其求學之精神非常值得欽佩，晚年還想寫一部中國思想史。

蘇雲峯：

我對黃文有一些小意見。首先，我覺得這一篇短文，在結構上應該多談問題，深入分析，不應引用太多史料，佔太多篇幅。其次，有關蔣先生在主張以農業培養工業的政策，以及在那樣保守的時代，提出節育、人口優生學等看法，都是很了不起的貢獻。其他如對台灣農業人才的培養、對台灣農村衞生的改良等，也都卓有成就，這些大家應都同意才對。但他也有未見之處，黃文卻未指出，例如他理想的台灣農村社會模式是什麼？他對台灣農村的變革雖有所預測，認爲在農村改良後，必有很大的社會變遷，但並未言明其變遷是什麼？這些都值得再發揮。

此外，他在培養農業人才方面確有其成就，但後來一部分外流，轉而從政，如李總統、蔣秘書長等人；另一部分則留在農會，可是卻成爲派系的溫床，似乎與其當年的設計不同，當然這責任不在他，但爲何有此演變，卻值得深思。

關於森林保護問題，他的確有先見之明，也知道日據時代比光復後的森林保護做得更好，他認爲光復後的森林破壞是政治因素所致，但他是否敢去解決這個問題？如何解決？都可以再深究。至於土地改革問題，黃文中認爲是夢麟先生所策劃，但在其自述中，卻提到民國三十七年農復會成立時，蔣公曾召見他，並剴切昭示土地改革是迫切需要的工作，也當面指示現行政策，因此，這政策到底是誰的主張，應該釐清。

傅教授的大作，簡潔清新，確能呈現其教育思想及對文化的態度與理念，由此可見他的一些智慧與遠見，至今依然實用，但由於篇幅所限，傅教授並未暢所欲言，我想補充一些。我認爲，他對文化開放、中西交流，及對中國文化不會消失的理念，都是正確的，傅教授或可在此書的現實意義，亦即對現代年輕人的思想有何啓示意義方面再加論述。例如「西潮」書中提到二十世紀初的學潮，並分析並原因：有新思潮的刺激、革命黨的運動、外國侵略壓迫等，今天適逢國內也發生學生運動，他的看法與現代社會有對應關係，不妨提出來討論，對青年學子可能有裨益。

蕭正心：

我從民國三十七年起追隨蔣先生，一直到他逝世爲止，約十六年時間。當他住院、婚變時，我在第一銀行，即陽明山招待所，與他共處了三個多月，故對他的事知道一些，在此略做幾點補充。

第一、剛才提到他「管大事不管小事」、「無爲而治」的態度是正確的，不過我可以舉一事例來說明他擇善固執的性格。農復會當年有空中照相之學，完全是他大力堅持所致，許多官員並不贊成，但他認爲要實行土地改革，就非先進行全省空中照相不可。

第二、蔣先生的領導能力極強，分析事理也有獨到之處，例如在學潮發生期間，他繼蔡元培之後，正式代理北大校長，請胡適、傅斯年等人幫忙處理，不久學潮就平息了。他這種領導實務的能力，相信農復會的同仁也會肯定的。

第三、蔣先生非常重視細節，我跟隨他十六年，前五年他喊我「蕭先生」，再五年他喊我「老蕭」，最後六年他喊我「正心」。在喊「正心」之前，他特別找我去，對我說：「我決定從今天起叫你『正心』，你同不同意？」，我告訴他，隨便喊什麼都可以。他就是這樣心思細膩地對待別人。

第四、他是一個公私分明的人。在婚變期間，陳雪屏到醫院去看他，告訴他婚姻問題可以解決，他感到不解，陳雪屏說：對方答應無條件離婚，只要政府同意她去美國，替她辦理美國護照即可。蔣先生立即反對，他表示，願把所有財產給她，也不能答應。因此這個婚姻問題才會枝節橫生，完全是蔣先生不願假公濟私所致。

第五、當年民間拜拜活動，政府一度有意禁止，蔣先生聞訊立刻打電話給蔣公，說明此事不可廢止，認爲民間百姓辛苦一年，利用拜拜吃頓豐盛飯菜，互相請客，有何不宜？

第六、他曾經對我說過，台灣將來一定會繁榮，因為他發現台灣人非常節儉，再加上大陸菁英來到台灣，只要結合得好，前途必然光明。

第七、這件事說出來，大概已無問題。蔣先生在陽明山時，美國洛克菲勒為人口問題來台，與他交換意見，當時蔣公也希望能見一下洛克菲勒，但由於事忙，洛克菲勒事後並沒有去謁見，並表示，此行完全是來看蔣夢麟先生的。我因陪同蔣先生在陽明山，故知道此事。

最後，我有一個要求，當年我在農復會時，有一天李敖來找我，希望為蔣先生作傳，但經討論的結果，覺得不太適合，後來遂把所有的資料都交給毛子水先生，希望由他作傳，但卻一直沒有消息，而毛先生也已過世，不知道文工會能否將這些資料找出來，為他寫一本「蔣夢麟傳」或專集，這是我誠懇的拜託。

綜合討論

黃俊傑：

陳三井教授是我很尊敬的近代史研究的老學長，他認為應該把農復會再做全面的解釋，我很同意，當時寫作此文時，為配合傅教授一文，故把焦點集中在台灣這一階段，而且這篇文章本來是我即將出版的書中的一個章節。單獨成文確有此缺失，屆時全書出版就可彌補這個缺失了。非常感謝陳教授的指教。

陳教授也提到蔣先生提倡節育的原因。我也同意，農復會成立時，並未把節育當做政策，是到台灣之後才加入，這可能就是與他下鄉訪查，感受人口壓力有關。另外，他在一九五二年洽請美國普林斯頓大學人口研究所的人口專家巴克萊（George W.Barclay）博士來台任農復會顧問，兩人長期相處，互相討論，應該也是導致他提倡節育的因素之一。

至於領導風格評價不一的問題，蔣先生在北大期間，一般知識界評價較高，而在部長任內，似乎遭受的批評較多，如說他太接近官方，未堅持教育的自主性等，因此評價差些。而農復會的架構，似乎也確實較易發揮。

王教授提到，張其昀贈「當代儒宗」一匾，似乎揄揚太過，我也有同感，基本上，我認爲蔣先生具有的是「五四人」風格，亦即「但開風氣不爲師」，在那樣大開大闔的時代，講求博雅而不求專精似乎是那時代人的風格。

蔣教授提到蔣先生的成就與局限，特別是在農村社會文化問題展望方面的局限性。我認爲，基本上他是以自耕農階級爲主體，走的是自給自足的路，比較傳統，這種農業建設觀，應該與他的時代有關。蔣先生於一八八六年，難免會有較念舊、傳統的觀點。

蕭先生以歷史當事人的自述，使我們彷彿回到當年農復會的情境中。他提到爲了土地改革而進行航照一事，事實上，當時空軍的航照工作還很粗糙，後來傅安明先生引進美國國防部的航照技術，才比較現代化，才能對台灣每年的稻穀產量做較準確的推估，因爲以前都是靠各地報告，並不很正確。而且在當時沒有科技協助下，進行「肥料換穀」計劃，能有如此豐碩成效，眞是「台灣奇蹟」。一九五〇年代大陸上的土地改革卻使千萬人頭落地，其實眞可以學學農復會的經驗，這是所謂的「台灣經驗」中光輝的一頁。

傅佩榮：

我覺得今天的收穫很多。本來我只讀過「西潮」一書，沒想到夢麟先生的晚年如此複雜，所謂「大德不踰閑，小德出入可也」，要求一個人事事兼顧是有困難的。

陳教授提到「新潮」一書，很抱歉我沒研究過，故無法加以比較，希望以後有空時再找來閱讀，做較深入的思考。

王教授說蔣先生不是一個學問家，事實上，他也沒有對傳統思想有較深入研究的著作，譬如他說教育要談性善，這是很傳統的看法，因此我同意王教授這樣的觀點。蘇教授提到「中國文化不會消失」這一點，我們的立場一樣。至於在現實意義上，對青年學生有何啓發，這很重要，尤其是關於學潮的看法，但我想，在現今學運風潮過後，找適當的時間與機會再來談，比較恰當。

我也很高興聽到蕭先生談蔣先生生前的一些軼事，一個人的偉大，不能只從書中去認識，因爲我們寫前人傳記，大都隱惡揚善，其實前輩們也有其缺點與局限的。非常感謝各位的指教。

主席結論：

我在農復會、農復會、農委會服務了二十五年，今天來此參加會議，依然覺得受益良多。一個再偉大的人，也不可能毫無瑕疵，蔣先生在晚年雖有一些婚姻的缺陷，但我們對他的事功、思想、人格一樣很崇敬，尤其是在培育人才與領導風格上，有許多值得我們學習之處。他當年提出的許多看法，時至今日仍有其適用性，如以發展農業、照顧農民、建設農村爲目標，如生產與分配並重、技術與制度兼顧等原則，都仍不失其現代意義。

（張堂錡記錄整理）

王雲五：一代奇人

王雲五一生雖然沒有正式上過學，
卻憑著自己的毅力苦學成功。
他發明了「四角檢字法」、「中外圖書統一分類法」、
主編「王雲五大辭典」，
在學術文化的園地裡，他是一位播種者，也是耕耘者，
其所規劃施行者，皆富創意，
故譽之爲當世楷模，學界典範。

王雲五先生與我國學術文化基金會

■曾濟羣

壹、一位苦學成名的文化播種者
貳、多目標的學術文化基金會
參、結語

壹、一位苦學成名的文化播種者（註①）

一、由五金店學徒而為博士之師

雲五先生是中國現代史上的奇人，一生讀書不多，而能成為通儒，於學術仕功的貢獻，均能構成現代史的一部份，的確令人驚嘆。

雲五先生自謂：「余少也賤，早年失學，稍長所入學校，咸屬補習性質，且時讀時輟，總計不滿四五年，嗣由教生而執教，為學不肯後人。然自十五六歲起半工半讀，亦工亦讀，迄八十五歲始患心臟衰弱，七十年間，寧一日不食，不肯一日不讀」（註②）

雲五先生在其自著：「岫廬八十自述」書中，謂其十四歲輟學，做五金店學徒，十五歲入美國教會所辦的英文專修學校，十六歲復輟學，為商店助理。嗣再度復學，入英人所辦的私立同文館，十七八歲開始任教，初在英文專修學校，後轉到上海著名的大學——中國公學任講席，以三年時間讀畢一部三十五鉅册大英百科全書。（註③）由於讀書甚多，其著述亦無數，而專著共六十六種，主編之各種叢書有數十種。

民國五十八年，雲五先生八十二歲，他認為是台省各大學教授中年事最高的一位，所以向任教的政大申請退休。於「留別政研諸子」七律詩中，見其教學問難執著的一面：

絳幃何幸會諸賢，盈耳絃歌十五年。逝水韶光一瞬眼，論文碩博幾多篇。講壇易地知艱否，即席

> 問難語萬千。教授人才喜輩出，餘生有限意綿綿。

按雲五先生謝政以還，即爲政大劉季洪校長敦聘爲專任教授，任教於政治研究所。先生指導之碩士博士論文約三十餘篇（其中碩士約二十，博士十篇）。而學生中任各校正副教授者不下三十人。（註④）

二、王雲五先生學術文化基金會的理念

由於雲五先生一生苦學，因此他深深知道讀書的重要，而更知道助人讀書的重要。要拯救積弱的中國，惟有知識，而知識之獲得，捨讀書別無他途。所以其畢生即以傳播學術文化爲其職志，以達到孔子所說「己欲立而立人，己欲達而達人」的目的。因此雲五先生創設基金會，主持基金會有其特殊的意義與興趣，而這亦正是我國社會所普遍缺乏認識的。雲五先生一生留意於此，因而對世界各國學術文化基金會的情況經常涉獵，對各基金會的功能、目的等均能了然於胸，於其主持或創設學術文化基金會時不無借鏡作用。

民國五十二年十月十六日，雲五先生主持嘉新文化基金會第一次優良學術著作獎的頒獎典禮中，以「基金會與社會文化」爲題，表達其對學術文化基金會的看法（註⑤）：

> 從政治學的觀點來看，人類社會的進步，最主要的原因，是得力於一種政府制度的存在。誠然，政府制度是人類一項偉大的發明，它的龐大功能的確值得頌揚，可是我們卻不可過份對它依賴。

因為政府並不能承擔起維護、改造和增進社會文化的全部責任，政府只是社會的一部份，政府不能代替社會。社會中尚有許多問題須要由政府以外的組織或團體來擔負。在一個現代的社會裡，政府所扮演的角色，雖然是重要的，卻不是唯一的，事實上，許許多多角色都由私人的組織與團體活躍地扮演著。倘若我們對歐美先進國家的社會作一分析，便會發覺這些私人的組織與團體往往是社會的靈魂，因為舉凡學術的提倡，科學的推展，藝術的闡揚等，幾無一不是由這些私人的組織與團體主持著。西方人士也許由於社會契約的觀念所感染，每個人都有濃厚的社會意識，他們都主動地，自發地去從事一種或數種社會事業。他們大都懷有一種服務社會的人生哲學，他們相信，個人是社會的一員，個人對社會盡職，不僅是一項責任，也是一項權利。西方社會中有不少人士，或者畢生從事一項捨己為人的社會工作，或者將終生所積貯的錢財用來嘉惠社會。部份的西方人，特別是美國人，很容易被描寫為唯物主義者，但實際上，他們都有崇高的理想主義的色彩。西方人，特別是美國人，為了賺錢所作的努力是驚人的，但他們更重視花錢，他們想用錢來改善生活，但他們更想用錢來幫助別人。我同意一種看法，即他們不是愛錢、存錢的唯物主義，而是喜歡弄錢、花錢的唯物主義，所以在他們的社會，尚少聽到「為富不仁」的譏刺。相反地，有錢的人，大都「取之社會，用之社會」，百萬富翁們常毫不吝嗇地把大筆甚至全部錢財，設立基金，用來鼓舞促進人類社會的福祉。這不能不說是西方，特別是美國文明的偉大一面。

根據歷史的記載，人類很早以前就知道把自己的財富用來幫助別人，是一項可敬的美德，古埃及的玻妥利米斯（Potlenies）在亞歷山大城捐獻了一座圖書館，古希臘的小皮連尼（Pliny the younger）在他的家鄉建立了一所學校。這種私人的義舉，後來大都由宗教團體來擔任。再後基爾特（Guild）接替了這項工作，而到今天則由各種基金會（Foundation）取而代之了。據我所知，佛蘭克林是美國基金制度的一位創建者，而為這個制度奠立良好典型的則是喬治皮巴蒂（George Peabody 1795–1869）。皮巴蒂是一位標準的利他主義者，他把財產傾囊投注到增進人類福利的事業上去。在美國類似如此的基金，大小不下數百種之多，較重要的有：The Milbank Memorial Fund, 1905, The Russell Sage Foundation 1917, The Common Wealth Fund 1918, The Juilliard Musical Foundation 1919, The Duke Foundation 1924, The Julius Rosenwald Fund 1911。

而更著名的則有加奈基基金，洛克菲洛基金，和福特基金。加奈基（A. Carnegie 1835–1919）是美國著名的鋼鐵業鉅子，他設立了十餘種基金，嘉惠美國及世界各地，舉凡音樂、藝術、科學、教育、以及英雄事績或對世界和平有功都是他捐助的對象。洛克菲洛（Rockefeller，J. D. 1839–1937），是美國石油大王，他捐獻的基金，數以億計，一九一三年成立以來，對於世界公共衛生及醫學的改進有過重大貢獻，諸如瘧疾、傷風、黃熱病、梅毒、肺炎等疾病都是他鼓勵研究消滅的目標，而國際關係、自然科學、人文科學的研究也都在幫助之列。福特（H. Ford 1863–1947）是美國的汽車大王，他死時將他個人的資產二億伍千萬元創立福特基金會，用以改造和增進民主政治、經濟的福利以及教育、文化、世界和平等。

當然，以對人類文化的影響及貢獻言，自應首推世界聞名的諾貝爾獎金。諾貝爾獎金係瑞典化學家諾貝爾所創立，他是炸藥的發明者，生前總共獲有一百二十九種專利，積聚了一筆極為可觀的資產。但是一八九六年他去世時並沒有把這筆錢財遺留給自己的子孫，卻把它捐獻給全人類的子孫。諾貝爾獎金共設五種獎金，以利息須給世界在一年中對物理、化學、醫學、文學以及和平最有成就與貢獻的人。諾貝爾獎金得主不僅可以得到一筆鉅款，同時還可以得到一個獎牌，上面刻有諾貝爾的畫像。這當然是一項人類最高的榮譽之一。諾貝爾獎金成立以來，雖不過短短的數十年時間，但人類文化已有了空前的進步，我們雖不能說這是由於諾貝爾獎金之助，但我們也不能忽略它所產生的鼓舞和激勵的功能。

中國是一個慷慨的民族，樂善好施是中國人性格的重要一面，我們很容易看到私人興學、散財濟困、建路造橋等嘉行懿德，但是這些大都是出於一種善心慈懷的宗教意識，而較少基於一種社會的文化理念（像武訓這種人是極特殊的），而最遺憾的中國向來沒有類似基金會的組織或制度。因此中國私人主持的慈善事業或文化事業，不是及身而止，便是不二世而亡，很少能夠綿延一個長遠年月。我以為西方社會的基金會制度是我國社會所缺少而必須建立起來的。個人的生命有時而盡，但基金會制度的功能卻與時俱進，個人理想可能一生不能實現，但是基金會制度可以使理想在未來的年月中變成事實，不朽是每個人追求的目標，但大都十分縹渺，而基金會制度卻提供一條通達不朽的可靠途徑。平心說一個人的成功，固然是由個人努力得來，但若悉心檢討，便知一切仍是受社會之所賜。個人對社會來說，總是一個債務人，而不是一個債權人，個人對社會應該有一種高度的熱忱與責任感。我們不能忘懷社會的恩德，我們應該有所償還，並且一個人能對社會有所貢獻總是一項值得驕傲與光榮的事。許多事業，我們私人應該加以承擔，一個偉大繁榮的文化社會的建立，絕不僅是政府所能為力，必須社會每一成員，有錢出錢，有力出力，奉獻個人的心血才能有濟。……

三、中山學術文化基金與嘉新文化基金的創立

國內學術文化基金會能列名於「國際基金會指南」（The International Foundation Directory, London Europa Publications 一九七四）與「世界獎金辭典」（World Dictionary of Awards and prizes, Europa Publications Limited, 1979）惟中山學術文化基金會與嘉新文化基金會。而這兩個基金會的主持人均為王雲五先生，可見雲五先生主持的基金會知名度已經提昇到國際水準。而「國際基金會百科全書」（International Encyclopedia of Foundations, by J. C. Kiger, Greenwood Press, New York, 1990）一九九〇版亦將上述二基金會列名其中。

中山學術文化基金會是國父百年誕辰紀念的產物，為雲五先生所創議。民國五十四年十一月十二日為國父百年誕辰紀念，中華民國各界先期集會，籌備祝賀，王雲五先生擔任主任委員。是年九月，籌備委員會第三次會議，雲五先生任主席，他提出在海內外紀念國父百年誕辰的捐款收入中撥出新台幣六千五百萬元，設立中山學術文化基金，以獎助及發揚有關國父思想之學術及文化事業，並組織董事會管理之，當獲通過。這是雲五先生的創見與遠見。蓋自國父於民國十四年逝世，到民國五十四年已有四十年，而國內迄未設類似的組織。雲五先生早年追隨國父，深知　國父重視學術，注意文化，而雲五先生自己，又多年來從事學術文化宣揚的工作。國父與雲五先生皆是平時手不釋卷的人，也皆是包括海內外名著無不閱讀的人。他認為國父百年誕辰紀念會，雖然已擬有許多紀念項目或活動，但皆是懷念過去的，或是臨時性的。必須設立一個中山學術文化基金，及永久性的董事會，才能發新知，培植新人，使國父的偉大精深思想，貫注於千百年後，綿延不斷，成為中華

文化主流（註⑥）。

籌備委員會於通過本案以後，隨即推定基金會董事十五人，並由全體董事互推雲五先生爲董事長，張道藩、徐柏園先生爲副董事長，阮毅成先生爲總幹事。中山學術文化基金董事會，以國父百年誕辰紀念日爲成立日期，事屬創舉，故一切章則皆係由雲五先生親自草擬。在那些章則中，表現出他的許多創意。那些皆是他多年來在學術文化上體驗得來的結晶，也是他研究比較他國若干基金會的得失而得到的結論。

中山學術文化基金成立之初，係由國父百年誕辰紀念籌備委員會，撥給新台幣六千五百萬元，雲五先生當時規定此爲原始基金，只准支用孳息，不得動用基金。他爲鼓勵以後海內外陸續有人捐助，另行規定補充基金一項，其用途可依捐款人意願，並可動支其所捐之基金，旨在靈活運用，擴大研究發揚中山先生學術文化功效。

嘉新文化基金會成立則稍早，時在民國五十二年五月，由嘉新水泥公司董事長張敏鈺先生一次撥足新台幣一千萬元所設立，而其經過則雲五先生始終參與策劃（註⑦）。民國五十二年五月二十九日召開之嘉新文化基金會籌備會議時，雲五先生以臨時主席身份說明籌備要旨謂：「本人於四十九年應中央日報胡社長之聘，擔任嘉新獎學金評選委員會主任委員，迄今已辦理多次，因此深知嘉新方面負責人對於興辦文化事業，極具熱忱。最近張敏鈺先生與本人談及創設文化基金會一事，其眼光之遠，魄力之大均足令人讚佩，余代擬具基金會章程草案提請討論……」（註⑧）。會中公推雲五先生爲籌備會主任委員，同年六月九日舉行第一次董事會議，正式通過基金章程，推選雲五先生爲董事長（註⑨）。

是由上述，中山學術文化基金與嘉新文化基金之創立，雲五先生始終參與，而創立後均由雲五先生主持。因此雲五先生關於學術文化基金之構想，自不難經由上述二基金會之組織與運作而逐一推展，於雲五先生言則初嘗宿願，於學術文化，則影響深遠自不待言。

貳、多目標的學術文化基金會

多目標的學術文化基金會，爲雲五先生主持基金會的一項特色。所謂多目標即基金會功能的多樣化。這種多目標的功能組織，固然在財務的支援方面，如非有豐厚的財源，則基金表現之缺點爲「備多而力分」，效果因而減少。但雲五先生寓獎於鼓勵，藉此而能移風易俗，使蔚成風尚，則爲其一貫之主張。中山基金會成立之始，有人主張獎助範圍應限於闡揚「國父思想」之著作，而雲五先生則期期以爲不可，其於民國五十五年中山學術文化基金會成立一週年，亦爲首屆頒獎典禮，於致辭時謂：「由於國父思想博大精深，貫徹於整體的文化，散布於一切的學術，吾人所當發揚者，不是狹義的限於主義，當遍及於與三民主義有關的全部學術。除獎助研究爲國父夙所主張外，他如學術著作、文藝創作與專門研究等，在在均與發揚國父思想攸關，本基金會各有關審議委員會之審議原則，對此亦特加注意」（註⑨）。嘉新文化基金會其優良學術著作獎之範圍，包括文法理工農醫各科，此外更擴及各校講座之設置、特殊貢獻獎之頒發、博士碩士論文之獎助出版等均其功能多樣化的表現。

一、重視獎掖後進

曾任中山基金會總幹事的阮毅成教授，在其「王雲五先生主持中山學術文化基金董事會的創意」一文中謂：「他又認爲中山學術文化，具有多方面的內容，既要對已有成就的人予以獎助，也要對下一代的優秀青年加以培植」（註⑩）。其中「對下一代優秀青年的加以培植」表現在基金會的業務即廣設各種獎學金。

民國四十九年起，中央日報即接受嘉新水泥公司委託，代辦大、中學、與研究所學生的獎學金，而主其事者即爲王雲五先生。受獎助之學生無數（註⑪）。中山學術文化基金會創立之始即設研究生獎學金，受獎助之研究生包括各公私立大學院校之碩士班及博士班研究生，均比照各校學生人數分配。此種對國內研究生獎學額之大量設置，實開國內公私機構獎助學生從事高深學術研究之先河，其影響於學術研究，實非淺鮮。中山基金會對博士班研究生之獎助，除每月發給貳仟元以外，於博士獎學金設置辦法中，並規定每年每人加發二千元爲購書費，又博士班研究生撰寫畢業論文時，有一頗爲困難問題，即各研究生之論文字數每多至數十萬，而應考試時，尙須複印數十份，以供校內的委員及教育部評定委員會之閱審。此項研究生論文打字油印，所費不在少數，研究生頗不易籌措，故中山基金會特於獎學金設置辦法中明文規定，接受該會獎助之研究生於提出論文時，每篇特予補助複印費五千元。

此外中山基金會對接受獎助之研究生規定必須有研究計劃，藉研究計劃以督促研究之進行。即研究生第一年申請時應附研究計劃，第二年申請時即對第一年之研究予以審核。而對於優良之研究報告則刊載於該會出版之中山學術文化集刊。按各校之博士班研究生對問題之研究已頗知門徑，而學術地位之獲得或提高，又往往以所發表之研究成果爲論斷。是以各校高級研究生莫不重視研究心得之發表，唯國內可供研究生發表研究成果之刊物不多，是以甚多研究生雖有研究心得，但苦無發表之機會，因此中山基金會提供中山學術文化集刊給各校高級研究生研究成果之發表，對研究風氣之提昇自不無影響。

雲五先生並經常舉辦茶會，邀請各校受獎助之高級研究生茶敍，談論學問，並藉此了解各研究生之研究傾向及所遭遇之問題。凡此均可見雲五先生對青年後進之愛護與提攜。（註⑫）

二、鼓勵研究新知

所謂鼓勵研究新知，中山基金會設有專題研究，可由學者專家自行申請。此外並於各校設置講座教授，而每一講座教授均須就某一專題進行研究，講座聘期結束，應繳交研究報告。嘉新文化基金會未設置專題研究，而講座教授之設置則早於中山基金會，精神則一致。

中山基金會設置之專題研究獎助原分兩種，其一爲自擬專題，並擬具研究計劃，經核定獎助者。另一則爲指導研究即指導博士或碩士研究生撰寫論文，經各校申請獎助。關於自擬專題研究獎助範圍包括基本科學、生物科學、工程科學、社會科學、人文科學等。申請人須繳申請研究計劃書，內容包括研究題目、目的、經費，及所須時間，經專家審閱並開會決定是否獎助。

講座教授，中山基金會與嘉新文化基金會均設置，嘉新設置其名稱與中山基金會相同，如聘沈剛伯先生擔任國立台灣大學文史講座，王雲五先生擔任國立政治大學政法講座，倪超先生擔任成功大學理工講座。而中山於各校設置講座教授稍多每年計九名，如第一屆講座教授爲：台灣大學沈剛伯教授任該校文史講座、政治大學朱建民教授任該校政治講座、師範大學林本教授任該校教育講座、交通大學劉浩春教授任該校工程講座，中央大學李漢英教授任該校化學講座，成功大學丁作韶教授任該校國際法講座，中興大學汪呈因教授任該校農學講座，輔仁大學王華隆教授任該校地理講座，淡江大學之鄧靜華教授任該校數學講座，所有講座應聘人期滿均須提出研究報告。

三、獎勵學術成就

獎勵學術成就，中山基金會設三類審議委員會主持，即學術著作獎助審議委員會，負責評審優良學術著作獎。文藝創作獎助審議委員會，負責評審優良文藝作品之獎助，技術發明獎助審議委員會，負責評審優良技術發明之獎助。

關於各種獎助之評審，雲五先生曾於民國五十六年於中山基金會出刊之工作報告中云：「本會評審力求公平，尤以學術著作、文藝創作、技術發明三項，先以大體審議，繼則遴聘各科專家，分別嚴密審查，至再至三，最後復經審議委員會根據歷次審查結果，研討不厭其詳，始付表決，其表決方法，不僅爲不記名，且利用黑白珠避免投票筆跡之透露，無非欲使各審議委員得以自由行使其抉擇，不受外界影響，自計已盡慎重之能事。其二本會決定各項獎金，一依寧缺無濫之旨。所有保留之名額，其獎金分別積存，以待來茲。此日不敢冒濫，無非慎重榮譽，他年人才輩出，自可多增獎額。」（註⑬）

嘉新文化基金因限於經費不設各類評審委員會，但其獎助之範圍則廣及各類科。其獎勵標準有下列數項：㈠著作在國際上發生作用，對於我國學術地位或其他科學有增進者，㈡著作在國內發生重大影響，對於學術社會人心有裨益者，㈢著作對國內重要工商實業有實用價值，且有具體貢獻者，㈣文藝著作流行極廣，技術優美而內容純正者，㈤大規模著作，多耗時力，卒底於成而內容精當者，㈥其他卓越著作有獨創之心得而有利於學術與社會者。每年由基金會按上項標準蒐集或由有關學術團體推荐，再聘請學者專家審查決定。

嘉新文化基金會有一項獎助爲中山基金會所無者，爲「嘉新特殊貢獻獎」之設置。民國六十四年當時中央研究院院長王世杰教授於中山基金會的頒獎典禮上致詞時曾謂：「基金會所設置之獎金，其範圍、各類均甚廣泛，在初創之期，此種辦法是切合實際需要，至於今後工作，可否倣照世界著名基金會，如瑞典之諾貝爾獎金制，美國之羅斯福基金會，就特定科學範圍，用最嚴謹之選擇標準，增設一名或二名之特定獎金，給予得獎者比較優厚之獎金，俾使得獎人得以獲得一種學術界共同尊重之權威」（註⑭）。惜王世杰教授此種主張在中山基金會迄未實現。

而嘉新文化基金會之特殊貢獻獎，其主要目的在擴大對國家社會之貢獻。特殊貢獻分爲三類：㈠對學術有特殊重要貢獻者，㈡對文化教育有特殊重大貢獻者，㈢對技術發明有特殊重要貢獻者。嘉新基金會就海內外中華民國人士有特殊貢獻者，經鄭重選拔後授予獎金四十萬元。各項獎金候選人由中央研究院評議會，教育部學術審議會，考試院考試委員會議，各大學研究所，中央各部會設置之學術研究機構以及其他有關之專門學術團體推荐，再由基金會按其類別，愼選國內的學者專家組織審議委員會，提供審議結論，交由嘉新基金會以三分之二表決票通過之。

嘉新基金會特殊貢獻獎，第一次審議開始於民國五十三年四月，由各方推荐之候選人共有十位，經過審議委員會之多次評審，推荐候選人二人，在民國五十三年十一月六日基金會學行的第五次基金會議中，由出席董事八人用無記名投票結果，吳健雄博士以八票當選爲嘉新第一屆特殊貢獻獎得主。（註⑮）

四、譯述世界名著

爲譯述世界名著，中山基金會成立名著翻譯委員會，由葉公超先生主持。關於翻譯之標準，除有關國父思想之名著由中文譯成西文外，在外文方面，其標準爲第二次世界大戰後當代名著對世界思想具有重大影響者。文藝作品暫不包括，至於供教材之著作，除對自然及應用科學有特殊貢獻者外，每年只譯一至二種。各種名著之選擇，皆由名著翻譯委員之各就其專長提出書名，經委員會研討決定。然後再由委員會推荐專家翻譯。譯成之稿件尚須審查然後交由著名之出版商印行。爲推廣名著於社會，對出版商所訂條件極爲優厚，不收版稅，因此定價必須低廉，以減輕讀者之負擔。

五、出版學術著作

教育界先進楊亮功教授，於「我所認識的王雲五先生」書中謂：「……其次講到雲老對於人類文化的貢獻，雲老對人類文化最大貢獻乃在其文化傳播事業……雲老一生大部分精力皆集中於文化傳播事業，自民國十年進入商務印書館，除中間一段時間因從政離開外，到現在（按爲民國六十四年）已有三十二年之久」（註⑯）。也許是雲五先生一生大部份時光投注於出版事業，因此他主持的中山學術文化基金會與嘉新文化基金會對優良學術著作之出版印行極爲注意。由於學術文化基金會所接觸的對象均屬學術文化界人士，學術文化界人士其研究成果，其作品如何出版，或給予發表的園地，對研究風氣的提昇極爲重要。本此原則，雲五先生於民國五十七年初於中山學術文化基金會創設「中山學術文化集刊」，雲五先生謂：

> 蓋自各種獎助逐漸展開，講座及高級研究生之研究報告，專題研究之成果報告，以及各種得獎人之專論，積稿漸多，因思學術為社會公器，且無國界，不應秘而不宣。如是自本年開始，創編集刊，規定每年發行二次，分別以三月十二日及十一月十二日為出版日期，藉以紀念偉大的國父孫中山先生。集刊之體例為純學術性，舉凡各種專論或報告未經國內其他刊物揭載者，咸依原文發表。第一期收入論著三十五篇，計百萬字，第二期收入論著三十萬，計九十餘萬字，分贈國內外學術團體，並盼能相互交換，以廣流傳。（註⑰）

中山學術文化集刊，由於是一種綜合性的學術刊物，收羅之文章包括文、法、理、工、農、醫、商各科。而撰稿人包括接受中山基金會獎助之各校研究生研究報告，或其他專著，中山講座之研究報告，各專題研究人之研究報告，其他各類得獎人發表之研究成果報告等，因此中山學術文化集刊各期的文章包羅甚廣。亦屬符合雲五先生創立中山學術文化基金會之多目標功能的構想。

由於雲五先生於政大政治研究所執教有年，深知研究生撰寫論文之辛苦，而研究論文多屬學術性，因此研究生論文之出版如求諸出版商多裹足不前，蓋出版商出版品每以市場導向，對於研究生論文之學術導向自不感興趣。但研究論文爲學術研究之結晶，其中不乏有獨到之見解，如湮沒而不予出版，於學術於社會均屬損失，因此雲五先生特於嘉新文化基金會中設置「研究論文獎助辦法」一種，對研究生優良之論文給予獎助出版，嘉惠學子莫此爲甚。

根據「嘉新研究論文獎助出版辦法」，自民國五十二年起，即逐年分函國內各大學，委請推荐所屬研究所已獲國內授予博士、碩士學位之畢業論文，嘉新基金會出資予以出版。綜計先後印刷出版論文四百二十一種，編爲嘉新文化基金會叢書。出版後除致贈論文著作人外，並向國內外各大學圖書館及學術機構推廣，提供國內外學人學術研究成果的交流機會。雲五先生一再强調其重要性，並認爲對於嘉新基金會在國際上聲譽之奠定，以及對研究生發生鼓勵效果，實有賴於此項工作之推行。（註⑱）

參、結語

雲五先生一生盡瘁文教事業，年八十而膺中山學術文化基金會董事長。由基金之籌募、制度之規劃，各種獎助案之嚴格審核，擇善而固執之。其於嘉新文化基金會之創立亦然。民國六十八年雲五先生逝世，楊亮功先生繼任爲董事長，楊先生於「中山學術文化基金會二十週年紀念」序言謂：「學術文化，是一個國家社會進步的原動力，而一個健全而公正的獎勵制度，更無疑是推動學術文化最有效的方式。本會既是基於全國各界紀念國父百年誕辰籌備委員會之決議，爲紀念國父孫中山先生而設立，又是國內最具規模的學術文化基金會，因此在籌設之初，便確立了各種有關學術文化的獎助爲重點，設定多目標的獎助對象。每年除頒發中山學術著作獎、文藝創作獎及技術發明獎以外，並有各種出版補助、專題研究獎助、研究生獎學金、中山講座之設置。同時爲確保各項獎助均能審愼頒發而建立其權威性，對於各項評審工作力求縝密公正，寧缺毋濫。於此本人不能不提及王雲五先生對本會之貢獻。本會在籌備期間，即由王雲五先生主持其事，成立之後擔任董事長至民國六十八年逝世時止。雲五先生領導本會會務先後達十四年之久，舉凡基金章程之擬訂，各委員會人事之聘定，各項評審制度之建立，均賴先生殫精竭慮悉心策劃。本會今日能成爲一個獎助工作最具規模、財務狀況最爲健全的學術文化基金會，則雲五先生所建立的健全制度實爲主因」。（註⑲）

如果從民國四十九年雲五先生擔任嘉新基金會審議委員會主任委員算起，歷民國五十二年嘉新文化基金董事會成立擔任董事長，而民國五十五年中山學術文化基金會成立亦任董事長（註⑳），迄民國六十八年逝世止，前後共二十年。這是雲五先生人生最後的二十年，以其衰年，而仍以大部份時間投注於學術文化基金工作，爲獎掖人才，提昇國家的學術文化而鞠躬盡瘁。在學術文化的園地裡，雲五先生是一位播種者，也是耕耘者。凡其所規劃施行者，皆富有創意，既非人云亦云，更不抄襲陳說，總期事必有成，款不虛費。或譽之爲當世楷模，學界典範，雲五先生當之無愧。

註釋：

①本標題取材自「我所認識的王雲五先生」一書中，楊亮功先生撰文記述雲五先生之篇名。

②王雲五：「我所認識的王雲五先生」序（楊亮功等四十二人著），民國六十四年十二月十二日初版，第一頁。

③王雲五：「岫盧八十自述」，民國五十六年七月初版，第一至第八章。

④王雲五：「岫盧最後十年自述」，民國六十二年七月二版，第二六〇頁。

⑤同註③，第一〇七八至一〇八〇頁。

⑥同註②，第三三三—三三四頁，阮毅成撰：「王雲五先生主持中山學術文化基金董事會的創意」。

⑦三月十二日雲五先生致嘉新水泥公司董事會張敏鈺先生謂：「日前面談貴公司有創設文化基金之意，果能實現，將爲先生不朽之大業。謹爲草擬簡章敬備考慮。今日能爲之事，勿待明日，西哲之言，的係至理。倘二千萬之數，開始之時或嫌過多，不妨酌減，只要每年滋息倍於近年獎學金約百萬元之數，則許多有關文化之事皆可舉辦，高明以爲如何」。（參閱王壽南編：王雲五先生年譜第三册第一二九二頁。）

⑧參閱：財團法人嘉新水泥公司文化基金會簡介——創立經過。該基金會創立時原始委員爲王雲五、羅家倫、楊亮功、胡建中、陳慶瑜、辜振甫、曹俊、張敏鈺、翁明昌。

⑨同註③，第一〇九五頁。

⑩同註②，第三三五頁。

⑪嘉新水泥公司頒發之獎學金迄民國七十九年共三十年，計支用經費五三二六七〇三〇元，受獎學生達六八一一三人。（參閱嘉新獎學金設立三十週年紀念特刊）。

⑫同註④，第二四四頁至二五二頁。

⑬中山學術文化基金會主編：五十六年度工作報告第一頁。

⑭中山學術文化基金會主編，六十四年度工作報告第九十七頁。

⑮王壽南、陳水逢主編：王雲五先生與近代中國第三四二頁，「嘉新特殊貢獻獎」，按本文原撰稿人爲曾武雄先生，其全文篇名爲：「王雲五先生與嘉新文化基金會」。

⑯同註②，第一二頁。

⑰中山學術文化基金會主編：五十七年度工作報告，第一至第五頁。

⑱同註⑮，第三四一頁。

⑲中山學術文化基金會二十週年紀念，該會自印，民國七十四年十一月十二日出版。

⑳中山學術文化基金董事會原始董事共十五人：王雲五、張道藩、徐柏園、何應欽、于斌、谷正綱、谷鳳翔、黃季陸、黃朝琴、謝東閔、陳可忠、李熙謀、羅家倫、郭驥、林挺生。第一任董事長爲王雲五，第一任副董事長爲張道藩、徐柏園。第二任（即現任）董事長爲楊亮功，現任副董事長爲孔德成、謝東閔。前任總幹事爲阮毅成，現任總幹事爲胡一貫。

（本文作者現任國立編譯館館長）

王雲五先生與中國出版事業

王壽南

一、近代中國的奇人

王雲五先生幾乎被公認是近代中國的奇人，一般人把他視為「奇人」是因為他連小學都未曾上過，卻發明了「四角號碼檢字法」，發明了「中外圖書統一分類法」，主編了「王雲五大辭典」，擔任過大學教授，做過考試院副院長，甚至被人稱為「博士之父」。當然，這些都是可「奇」之事，其實，王雲五先生在教育、出版、圖書館、政治等方面都有令人驚奇的表現和成果，所以，稱王雲五先生是近代中國的奇人是很恰當的。

王雲五先生原籍廣東省中山縣，（註①）清光緒十四年（西元一八八八年）生於上海，家世務農，至雲五先生的父親光斌公才改行由廣東至上海經商。雲五先生原名日祥，後由私塾李老師之弟代為取一個別字「雲五」，其義本於「日下現五色祥雲」的故事，其後「雲五」二字竟成為他的名字。十七歲時開始翻譯工作，在報紙上發表，譯稿均用「出岫」為筆名，以後寫作便常用「出岫」或「岫廬」之名。十九歲受聘於中國新公學，始以「之瑞」為名，「雲五」為號。（註②）民國三十八年來台後從事譯書工作，取了個筆名「龍倦飛」，蓋取「雲從龍」與「雲無心以出岫，鳥倦飛而知還」之義。

雲五先生八歲啓蒙，在私塾中斷斷續續讀了幾年書，到十五歲，雲五先生在父親命令下輟學，到一家五金店中當學徒，雲五先生雖不願意，但不得不從命。不過，雲五先生是個不認命的人，便利用夜間至夜校讀英文。光緒二十九年（西元一九〇三年），雲五先生十六歲，隨姊夫梁仲喬同入上海虹口的守眞書館讀英文，初入學，雲五先生編入第六級，至十月底，升至第三級，而年終大考後，校方決定准許雲五先生在下半年開學時升到第二級。在不到八個月的時間裡，雲五先生從第六級升至第三級，甚至可升到第二級，主要原因是雲五先生自覺讀書機會難得，乃盡力爲之，加上雲五先生求知慾濃厚，勤奮自習，才有此優良的成績。然而，第二年（即光緒三十年）的年初，雲五先生的父親要雲五先生當他的助理，雲五先生只好又輟學。不過，雲五先生並不氣餒，在梁仲喬協助下，雲五先生在秋季又進入上海的同文館修業，晚上則擔任一家英夜校的助教，賺錢繳交日間在同文館的學費。後來，由於雲五先生成績優異，同文館創辦人布茂林（Charles Budd）聘雲五先生擔任同文館的教生，除不必繳納學費外，每月還可領津貼二十四元，又能盡量利用布茂林的藏書，爲了有效利用數量龐大的藏書，雲五先生遂養成一種快讀的習慣。在同文館期間，除了廣泛閱讀西方的政治學、社會學、經濟學、哲學等名著外，並開始對中國文史發生興趣。由於廣泛的涉獵，雲五先生自稱在同文館期間乃其「圖書館生活的開端」。（註③）

光緒三十一年，雲五先生結束了零星片段式的學生生活，這一年十月，進入一所私立英文專科學校——益智書室擔任該校的唯一教員，除英文外，還要講授史地數學等科。該校學生一百餘人，年齡有些已經二三十歲了，卻由一位十八九歲的「小老師」獨力應付，眞可說是件奇事。

雲五先生在光緒三十二年十月受聘至中國新公學擔任英文教員，講授文法和修辭學，這時雲五先生十九歲，學生年齡和他差不多，例如胡適（原名洪騂）比他小兩歲，朱經農比他人兩歲，學生們對這位「小老師」的能力不免懷疑，所以初上課時同學的質問特別多，經過「小老師」詳盡的解說，才心悅誠服，胡適在「四十自述」中表示他在中國新公學中受到雲五先生的影響很大。

宣統元年（西元一九〇九年）江寧提學使李瑞清（梅盦）辦了一所留美預備學堂，請雲五先生兼任教務長，這時雲五先生才二十二歲，很多學生年齡都比他大。

宣統三年十一月初十（西元一九一一年十二月二十九日）孫中山先生當選中華民國臨時大總統，次日晚間香山縣的同鄉在上海老靶子路辰虹園歡宴孫中山先生，雲五先生以一位二十四歲的青年被同鄉父老推爲主席，即席致辭歡迎孫先生，並陳說中華民國建國的意義，孫先生大爲賞識，立刻邀請雲五先生擔任臨時大總統府的秘書，這是雲五先生初次擔任政府公職。

民國元年，雲五先生應首任教育總長蔡元培的邀請，到教育部工作，民國二年四月離開了教育部。

自民國元年九月起，雲五先生就在北平的國民大學（後改名爲中國公學大學部，再改名中國大學）兼任法科英文教授，離開教育部後便專任教授，除講授英文外，又加授政治學和英美法概論，這時雲五先生只二十五歲。

民國十年，雲五先生被他的學生胡適推荐進入商務印書館擔任編譯所所長，十九年商務印書館董事會堅邀雲五先生擔任總經理，自此以後，直到三十五年，雲五先生擔任了十六七年的總經理，數度使這全國最大的出版機構——商務印書館起死回生，其間的艱苦危難，正表現出雲五先生過人的才智與魄力，雲五先生可說是中國現代企業界的奇人。（註④）

民國三十五年，雲五先生在國民政府蔣主席的堅邀下出任經濟部長，三十六年五月改任國民政府委員，旋又被選任爲行政院副院長。民國三十七年五月，行憲第一任內閣組成，由翁文灝任行政院院長，在蔣總統堅邀下，雲五先生被任命爲財政部部長，十一月辭去財政部長之職。

民國四十年一月，雲五先生由香港遷居台北，被聘爲行政院設計委員會委員，旋又奉蔣總統聘爲國策顧問，四十三年八月被任爲考試院副院長。四十七年七月，在蔣總統和行政院陳誠院長的堅邀下，出任行政院副院長，五十二年十二月雲五先生數度堅辭行政院副院長職，蔣總統乃改聘雲五先生爲總統府資政。五十三年，雲五先生被台灣商務印書館董事會選爲董事長。

雲五先生在台期間除了政治上的表現外，還擔任過國立政治大學政治研究所教授，今日在政界和學術界不少知名之士都出自雲五先生的門下；同時還主持嘉新水泥公司文化基金會和中山學術文化基金會，開創了台灣設立文教性基金會的先聲。

無論從出身經歷，或創造貢獻來看，雲五先生都可說是中國當代的奇人，雲五先生對國家社會的貢獻是多方面的，其中最大而且影響最深最久的貢獻應該是在出版事業方面的成就。（註⑤）

二、王雲五先生對出版事業的貢獻

王雲五先生在商務印書館工作先後達四十一年之久，（註⑥）不但屢次拯救商務印書館於危難之中，而且使商務印書館業務蒸蒸日上，成爲全國最大的出版機構，於是使人想到商務印書館就想到王雲五先生，商務印書館和王雲五先生幾乎成爲密不可分的關係。同時，商務印書館一直執中國出版事業牛耳，商務印書館的作爲常帶動整個出版界，甚至成爲出版界的代表，所以，雲五先生的成就不但影響了商務印書館，也影響到整個中國出版界。

從雲五先生在商務印書館的表現來看，他對中國出版事業至少有三大貢獻：

(1)開拓中國出版事業的新境界

中國出版事業始於何時，甚難考定，但至少五代時已有刻板印刷，宋代書肆頗多，已是出版事業萌芽時期，然而由於歷代政府均未提倡工商業，所以中國出版事業始終不發達，直到雲五先生進入商務印書館，直接使商務印書館在體質上發生了莫大的變化，同時也引領中國出版事業走入一個新境界，這個新境界可以從印書和營利兩方面來討論。

先談印書。出版事業當然以印書爲主，傳統的出版事業是把作者已完成的作品以刻板或排字的方法印刷裝訂成冊。商務印書館成立於光緒二十三年（西元一八九七年），最初僅是從事印刷工作，除自印「華英初階」一書外，並接受外界委託印件，其後張菊生（元濟）加入商務印書館，商務印書館才由以印刷業爲主者，轉而爲出版事業，設編譯所，編譯中小學師範女子學校各科用書，並刊行其他各種圖書，但種類與數量均不多，依據「商務印書館與新教育年譜」一書之統計，自光緒二十八年至民國九年（雲五先生進入商務印書館前一年），商務印書館每年出版書籍統計如下：

時間	出版書籍種類	出版書籍冊數
光緒二十八年	一五	二七
光緒二十九年	五一	六〇
光緒三十年	三五	一〇三
光緒三十一年	四九	一四二
光緒三十二年	一一一	二〇五
光緒三十三年	一八二	四三五
光緒三十四年	一六九	二六一
宣統元年	一二六	四二〇

宣統二年	一二七	三八九
宣統三年	（不明）	（不明）
民國元年	一三二	四〇七
民國二年	二一九	五六五
民國三年	二九三	六三四
民國四年	二九三	五五二
民國五年	二三四	一一六九
民國六年	三二二	六四一
民國七年	四二二	六四〇
民國八年	二四九	六〇二
民國九年	三五二	一二八四

此時期商務印書館以出版各級學校教科書爲主，自光緒二十八年至宣統三年間，商務印書館幾獨占全國教科書市場，民國成立後，中華書局成立，也編印教科書，成爲商務印書館的競爭對手，但商務印書館仍然努力出版教科書，以民國九年爲例，商務印書館即出版了新法教科書初小六種、高小十四種、教員用書十五種。此外，商務印書館也出版一些古籍，如四部叢刊初編、涵芬樓秘笈、痛史等。民國十年，雲五先生擔任商務印書館編譯所所長，立即提出「改進編譯所意見書」，在意見書中有「編著書籍當激動潮流不宜追逐潮流」的主張，這一主張不僅成爲此後商務印書館重要的編輯方針之一，也提示中國出版界要以「激動潮流」作爲職志，出版事業應該走在潮流之前而不是落

在潮流之後，應該引導潮流的走向而不是追逐潮流的餘波。

自民國十一年以後，商務印書館每年出版書籍的數量沒有完整的統計數字，但數量必然較以前為多，以民國二十五年為例，是年全國出版物總數為九四三八冊，商務印書館出版數量為四九三八冊，占全國出版物總數的百分之五十二强。（註⑦）不僅數量增加，商務印書館最大的變化是重視編輯出版計畫。雲五先生進入商務印書館的第二年（民國十一年）便提出了對編譯所實施初步整頓及編輯計畫，該計畫分為三部分，其中第三部分與出版關係較少，其餘兩部分均與出版有關。第一部分為改組編譯所，延聘專家主持各部，當時羅致的學者專家計有：朱經農任哲學教育部部長（後轉任國文部部長，主持小學教科書及中學國語文之編輯），唐擘黃（鉞）為總編輯部編輯（後轉任哲學教育部部長），竺藕舫（可楨）為史地部部長，段撫羣（育華）為算學部部長，任叔永（鴻雋）為理化部部長，周鯁生（覽）為法制經濟部部長，陶孟和（履恭）為總編輯部編輯（後轉任法制經濟部部長），又聘館外特約編輯胡明復、胡剛復、楊杏佛（銓）、秉農山（志）等，皆為當時上海南京兩地的名教授；商務印書館編譯所經此改組後，人才濟濟，使商務印書館奠定此後學術出版之基礎。第二部分為創編各科小叢書，以作為日後編印萬有文庫之準備。商務印書館最初之出版品主要為中小學教科書，次為參考用之工具書，再次為影印古籍，至於有關新學之書籍則零零星星，缺乏系統，雲五先生所擬編輯計畫，首先從治學門徑入手，即編印各科入門之小叢書，大體言之，計有百科小叢書、學生國學叢書、國學小叢書、新時代史地叢書、農業小叢書、工業小叢書、商業小叢書、師範小叢書、算學小叢書、醫學小叢書、體育小叢書等。各種小叢書係以深入淺出之方法，分請各該科專家執筆，以二萬字為一單冊，四萬字為一複冊。（註⑧）自此，雲五先生為中國出版事業定下了一個工作原則——出版事業不僅限於努力印書，更要在印書之前有一個整體系統的編輯計畫。

其次談營利。出版業是衆多商業類別之一，與其他商業一樣，其經營目的是賺取利益。然而出版事業並非以賺取利益爲唯一目的，同時還更兼顧另一個目的——提昇教育與文化。民國十九年九月十三日，雲五先生接任總經理之職不久，對商務印書館四個職工會代表談話，指出他對商務印書館的三個目標，一是扶助社會文化，二是鞏固股東資本，三是保障同人福利。（註⑨）第二、第三個目標是賺取利益，第一個目標則在提昇教育與文化。民國二十年，商務印書館創立二十五年紀念，曾明白揭示：「本館深知出版物之性質，關係中國文化之前途，故愼重思考，確定統一之出版方針，即一方面發揚固有文化，保存國粹；一方面介紹西洋文化，謀中西之溝通，以促進整個中國文化之光大」（註⑩）這是說明商務印書館的出版方針在提昇文化。此外，又明言：「出版界之主要責任，原在順應潮流，供給社會以適當之教育材料，本館盡其服務之至誠，深恐有負事業上之使命，以全力籌畫，未敢少懈，其對於晚近教育史上之貢獻，固爲社會人士所共見者。惟本館對於輔助教育一端，不但努力編印各種教科圖書，以供全國之採用，更復出其餘力舉辦實際教育事業，如圖書館、學校及函授學社等。」（註⑪）這是說明提昇教育的作法。民國二十三年四月十七日，商務印書館登報徵求出版計畫，在廣告中即明言：「敝館出版方針，向以民族復興爲鵠的，事體重大，自非旦夕所可冀，今後之出版計劃，又將如何方可更進一步而達此鵠的乎，敝館念茲在茲，無時或已。」（註⑫）這是商務印書館一貫的出版原則，不以賺錢爲唯一目的，（註⑬）成爲中國出版事業的模範。

⑵出版事業現代化

民國十九年，雲五先生接任商務印書館總經理，即推行科學管理計畫，該計畫又可分為十二個分計畫：㈠辦理預算；㈡辦理成本會計；㈢辦理統計；㈣改良設備；㈤分析工作；㈥改良工作方法；㈦規定工作標準；㈧標準化和簡單化；㈨發展營業；㈩改善行政；(十一)改善勞資關係；(十二)改良出品。這十二個分計畫實在是有意使一個老舊的企業走向現代化，可惜由於當時民智未開，私心又重，商務印書館的許多職工深恐科學管理計畫會影響到他們的私利，便羣起反對，聲勢浩大，雲五先生權衡利害，乃毅然撤回科學管理計畫原案，擬於不動聲色中，實施對事物與對財務的科學管理。雖然，雲五先生的科學管理計畫未能完全推動，但已為中國出版事業提示了一條管理現代化的道路。

⑶創新的精神

雲五先生富有創新精神，所以經常有改革的主張，例如民國十九年的科學管理計畫實在就是一大創新，民國四十八年主持總統府臨時行政改革委員會提出八十八件改革建議案，也是一大創新。雲五先生主持商務印書館，其出版工作也不斷要求創新，雲五先生自稱商務印書館前後有三十種創造性出版物，這三十種創造性的出版物是：華英初階與華英進階、中小學教科書、東方雜誌、辭源、各科詞典、四部叢刊、百衲本二十四史、百科小叢書、各科小叢書、百科全書、四角號碼檢字法、各種工具書索引、學生國學叢書、萬有文庫、大學叢書、四庫珍本、中國文化史叢書、自然科學小叢書三百種、叢書集成、中山大辭典、附索引的各省通志、年譜集成、小學生文庫、中學生文庫、人人文庫、各科研究小叢書、國學基本叢書四百種、古書今註今譯、新科學文庫、雲五社會科學大辭典。這三十種創造性出版物中，除前七種之外，其餘二十三種都是雲五先生所主編的，雲五先生說：「一個出版家能夠推進與否，視其有無創造性的出版物。」（註⑭）這話成爲出版事業者的名言。

三、結語

無可置疑，商務印書館是現代中國出版界的先鋒和重鎮，它不僅在數量上出版了不計其數的書籍，更重要的是它編印了許多適合時代需要的各級學校教科書，譯印了許多外國名著，整理出版了許多有價值的古籍，編印了許多適合各種程度的參考書籍，在大陸淪陷以前，凡是小學生以上沒有不知道商務印書館的。

然而，商務印書館之能夠居於現代中國出版界的領導地位，可以說是由於雲五先生的關係，雲五先生在商務印書館工作了四十一年，不僅數度挽救商務印書館於危亡，還使商務印書館的業務蒸蒸日上，中國出版界的繁榮與發展不能不說受到商務印書館極大的刺激與鼓勵。從商務印書館發展的歷史來看，雲五先生實在是中國出版界最早和最有成就的拓墾者。

註釋：

①王雲五先生先世由河南遷至福建，至宋代再自閩南遷居廣州府東官（莞）縣香山鎮，宋高宗紹興二十二年，就東莞縣之香山鎮益以鄰近數縣瀕海之地區，建置爲香山縣。其後，王氏族人移居香山縣東鄉四宇都之泮沙村。民國十四年，香山縣易名爲中山縣。參閱王壽南著「王雲五先生年譜初稿」（台灣商務印書館出版）第一冊，頁三三。

②雲五先生自述云：「我在中國新公學應聘，係用『王之瑞』的名字，我的小名『日祥』，十三歲在李老師私塾讀書時，師叔為我取一別字，就是『雲五』二字，蓋寓有『日下現五色祥雲之瑞』的意義。當我和友人組織振羣學社後，公餘談言無忌，某次有人說『雲五』二字恐只可視同別號，不大像名字，我想到上述『日下現五色祥雲之瑞』一語，便隨即說：「『之瑞二字倒像堂堂正正的名，就以此為名罷。』」見「岫盧八十自述」（台灣商務印書館出版）頁三七。

③參見「岫盧八十自述」頁三二。

④關於雲五先生屢次挽救商務印書館危亡的經過，詳情參閱王壽南：「王雲五先生年譜初稿」民國二十一年至三十五年間的記載。

⑤吳相湘撰「民國百人傳」（傳記文學雜誌社出版）中有王雲五先生的傳，其標題是「出版家王雲五」，這是作者認為雲五先生的衆多成就中以出版事業的成就最為輝煌。

⑥民國十年，雲五先生入商務印書館任編譯所所長，十八年十月辭職。十九年三月就任總經理之職，三十五年五月辭職。五十三年六月當選台灣商務印書館董事長，至六十八年八月逝世。前後合計四十一年。

⑦參見「商務印書館與新教育年譜」，頁五八五。

⑧參見「王雲五先生年譜初稿」，頁一一六。

⑨參見「王雲五先生年譜初稿」，頁二〇九。

⑩莊俞：「三十五年來之商務印書館」，載「商務印書館與新教育年譜」，頁三一〇。

⑪仝前註，頁三〇八。按商務印書館當時在上海所舉辦之實際教育事業有東方圖書館、尚公小學校、平民夜校、勵志夜校、函授學社等。

⑫該啓事全文載「商務印書館與新教育年譜」，頁四三〇。

⑬雲五先生曾說：「十本書有三、四本書虧本還不算虧本，只要都是好書。」見徐有守：「王雲五先生與商務印書館」一文，載「我所認識的王雲五先生」（台灣商務印書館出版），頁九一。

⑭參見「商務印書館與新教育年譜」，頁一〇九一—一一〇一。

（本文作者現任政治大學文理學院院長）

王雲五先生與我國行政改革

■徐有守

一、雲五先生日新又新的革新性格
二、在考試院工作期間的一些革新事例
三、雲五先生主持下的行政改革委員會
四、行政改革建議案的影響
五、結語

感謝中國國民黨文化工作會的邀囑，使我有機會又一次來回憶和敍述先師王雲五先生與我國行政改革的關係。

一、雲五先生日新又新的革新性格

雲五先生是一位天生的改革家。在他的生命中，只要有他參與的事情，他就一定會有創新與改革，增進效能或效率，以促成進步發展。雲五先生為一代奇人，其畢生事功，表現在許多方面，但最主要的兩方面則為出版事業與從政。本文主要是在敍述其從政生活中的行政改革活動，但是為了證明他的改革天性，所以先扼要敍述一下他在出版事業方面的改革措施，似乎也很有意義。

雲五先生於民國十年中秋節初入商務印書館任編譯所所長，相當於現在各出版事業中的總編輯；十九年任總經理兼編譯所長。自民國十年以後，商務印書館的館務，幾無一不在雲五先生主持或影響下進行。下面略舉數事為例。

為求商務印書館及其附屬的東方圖書館對其出版與藏書在管理分類上的便利與合理，雲五先生抒其智慮，於民國十六年發明中外圖書統一分類法，用以取代原有的西方分類法及我國傳統的分類法，以便統一管理。

當時我國政府與民間企業所採用的財務管理方法，既無所謂預算制度，又無新式帳簿，而只是採用傳統的流水帳簿，十分不科學。在雲五先生影響下，於民國二十年在館內設置預算管理委員會，成為我國朝野採用預算制度的先驅。

在雲五先生許多革新與發明中，四角號碼檢字法恐怕是最為家喻戶曉了。雲五先生研究檢字法的動機，據他自己說，是有感於原來通行的部首檢字法費時多而又不易確定。第一是許多字究竟屬於何一部首，常不易認定。例如「夜」字屬於夕部，「求」字屬於水部，「滕」字屬於水部，「者」字屬於老部，「衆」字屬於目部等，都不易理解；進一步言之，部首確定後，同一部首同一筆劃數目的字，有時多至數百。例如草部的八劃就有二〇五個字，逐一尋索，不勝艱辛。因此，於民國十三年十一月開始研究，苦思焦慮，經歷將近四年時光，終於在十七年九月完成全套四角號碼檢字法。至今半個多世紀來，通行全國，用者稱便。

抗戰軍興，商務印書館追隨政府遷移至重慶。在這種關係民族生死存亡的長期戰爭中，在「軍事第一，勝利第一」的最高準則下，既因戰爭而生產銳減，又因戰爭而消耗鉅增；因而物資奇缺，一切都必須節約。但關係文化與教育的出版工作仍不能停頓。於是雲五先生發明一種書籍排印新版式，使得每頁可增排百分之八十或百分之一百字數。又採用一種輕磅薯紙印書，並發明一種極薄的航空紙型（供複鑄鉛版印刷），以利運輸。因此而得將商務印書館存儲在香港的書籍，製成紙型，航運重慶與贛州鑄版複印，又使用輕磅薯紙印製成書運銷東南與西南各省。由於這三種印製技術的革新，對戰時書籍的供應，裨益甚大，有助於教育文化者至鉅。

雲五先生在出版界期間最爲膾炙人口的事情，就是倡行科學管理。科學管理由於泰勒氏發明推行，初於十九世紀終了及二十世紀初（亦即民國前十年前後）興起於美國。民國初年，國內知科學管理之名的人還不多。雲五先生於民國十九年，以半年時間，赴美國及歐洲等九國考察管理之學。總計訪問九國，參觀企業四十多家，訪談學者專家五十餘人，訪問團體與研究所二十單位，參加研究會議四次，加入研究所三所，在圖書館研究十餘日，閱書三、四百冊，搜羅刊物一千餘種，製成筆記四十萬言。回國後，於是向商務印書館董事會提出我國有史以來的第一個科學管理計劃，全文共分十二部，計一萬七千餘字，十分具體詳明。有守曾叩詢，以六個月短暫時間，何以能從事如此大量工作？雲五先生告，原因有二：第一、六個月期間，從事遊覽的僅十日，此外，夙夜匪懈，從未一入戲院。第二、雲五先生閱讀方法，是對每一本書，僅就其與所研究題目有關部份詳閱，並不必需如學生讀教科書方式將一部書從緒論開始讀到最後一頁。

依據有守平日長期觀察所得，雲五先生求知如渴和工作如狂精神，以及種種讀書方法，證明所言非虛。當年初次所引進科學管理，確實風動一時。

雲五先生在商務印書館工作時期很長，改革措施很多，以上只是略舉數例。其他如在國內首先自製華文打字機、印刷機、多種儀器、標本、模型，並且以之參加國際博覽會，屢次獲獎；又自行改進製造印刷器材，諸如五彩版、三色版、珂羅版、雕刻銅版、照相鋅版、凹凸版、影印版，無不精良。最有趣的事是我國第一部電影片的製作者，並非那一時代聞名全國的明星電影製片公司或聯華電影製片公司，而卻是在還沒有任何一家製片公司設立之前的商務印書館。

雲五先生常常說：「只有前進，決不後退！」又常說：「夙以解決困難爲生平一大樂事。」又常常說：「我常常好發奇想！」所謂好發奇想，據他解釋，實際上就是常有創新的念頭，別人以爲不可能，而他卻終能使之實現。這也正就是他常能解決困難的原因。

二、在考試院工作期間的一些革新事例

雲五先生於四十三年八月奉總統特任考試院副院長，四十七年七月調任行政院副院長，在考試

院期間四年。依考試院組織法規定，副院長除了在院長因故不能視事時，代理院長職務，以及出席院會外，並無法律明文規定的職權和職責。因此，副院長職務不一定能發揮多少功能。不過，雲五先生情形略有不同，他特別受到先總統　蔣公尊重，又與時任考試院長莫柳忱先生交稱莫逆；所以他並非僅屬副貳的副院長，而發揮了莫大的功能。現在略爲舉述幾件有關改革性的事項於次。

我國自從採取西方學校教育制度以來，授予學位，止於學士。政府撤出大陸以前，仍僅極少數二、三間學校設有碩士學位研究所。雲五先生對這種情形大不以爲然，認爲一個國家的學術文化，應該有其獨立自尊自信的地位，必須自己授予博士學位。因此，民國四十四年，他在考試院主持一個審查小組從事我國博士學位授予問題的研究。當時學術界頗有人對此抱持懷疑態度，認爲我國開辦授予博士學位，此時此地是否適宜？以及是否應由國家授予？雲五先生深爲感慨，覺得我們民族竟如此之無自信，於是特別親自撰寫一篇長文，題爲「我國博士學位授予的研究」，發表於新生報（以後並收入「岫廬論學」一書）。由於他持續的努力奮鬥，並獲得教育部張部長其昀的支持，我國終於決定設置博士學位研修制度，並於民國四十五學年度先在國立政治大學設置政治學博士班。此後，其他學校也在符合教育部規定標準條件之下，陸續設置了一些其他學科的博士學位。三十二年以來（自四十七年授予第一名博士學位以至七十八學年度止），經我政府授予博士學位的人數達二、二五四人之多，其中包括若干日、韓等外國籍學生在內。依據衆目昭彰所共見，這些博士，無論在學術或從政從業方面，對國家都很有貢獻。民國五十六年，雲五先生八十大慶，各界爲之盛大慶祝。張其昀先生以民國四十五年博士學位建制時教育部部長身份，親筆寫了正楷四個字：「博士之父」，致贈爲賀。

我們中國自從秦統一以來，就是一個中央相當集權的單一制國家。這種集權精神，也反射在行政機關的統御上，各機關首長幾乎向來是大小事項，無不過問；也幾乎不知道什麼是分層負責。雲五先生對於考試院內部的業務，十分主張實施分層負責。民國四十四年，在雲五先生督促之下，訂有分層負責處理公務方案，遠在其他各院實施分層負責之前。

現行的高普考試制度，大致而言，是沿襲我國隋唐以降的進士科而來。國民政府奠都南京後，立即開辦高普考試，每年舉辦一次，幾十年下來，形成了若干習慣。其一是入闈制度的廢止。最初，當政府在南京時期，歷次考試都還能夠實行典試委員長和典試委員入闈制度。中央政府遷台以後，即不再實行。民國四十五年，雲五先生第二次擔任高普考試典試委員長，於是以身作則，毅然恢復入闈。在闈七日，著有「入闈記」長文二萬餘字，發表於「自由談」雜誌。後並收入所著「岫廬論學」。從此以後，不僅高普考入闈制度持續不斷至今，而且各種特考也都同樣實行入闈。民國七十六年七月，考選部並在木柵落成「國家闈場」，巍峨宏偉，設備齊全，牆壁中且有電子絕緣特殊裝置，無線電波不能穿透，成爲亞洲唯一的這種建築。

奠都南京以來，國家考試所形成的第二種習慣是有關典試委員的遴選。民國四十四年，雲五先生初任高普考試典試委員長，特別另擬典試委員遴選原則七項，提經考試院院會通過，頗多革新：

㈠立監委員概不列入。

㈡部會長官職務繁重，無暇作實際參加，非必要不予列入。

㈢現任官吏須曾任教授者，俾符合選派規則第四條第四款與第五條第二款之規定。

㈣在台連任多屆高考典試委員者，以輪換更替爲原則。

㈤各科教授之選，以1資深，2學粹，3聲譽高，4肯負責者爲主。

㈥高考及格十年以上者，以曾兼教授或有專著爲原則。

㈦考試委員儘量參加，各按專長加入各組。

以上七項原則，堪稱合情合理，各方兼顧。然而，實際上，除第㈦項外，其餘六項幾乎無一不是切中時弊的重要改革，非有眼光而且更有氣魄的人不敢爲也不能爲。

更有一件有趣的事情是雲五先生提倡簽名制度。他認爲，我國人向來主張加蓋印章才算正式表示立場，甚至法規上也多規定要蓋印章才產生效力。這固然有其道理。但實際上，印章可以仿造或僞造，親自簽名則易不容易僞造或仿造。如果仿造或僞造印章是犯法，那麼仿造或僞造簽名又何嘗不犯法？最重要的是親自簽名任何文件時，簽名者本人必定閱覽文件一遍，決不致於盲目簽名；可是使用印章則不然，可以將印章授予秘書人員或他人代蓋，而不必經過本人過目，權責混淆，名實不符。但印章觀念在國人心目中已根深柢固，推行以簽名代替印章，十分不易。雲五先生在擔任高普考試典試委員長時，就廢除多年來在考試及格證書上加蓋簽名戳的傳統，而在每一張證書上都用毛筆親自簽名。由於雲五先生的多年持續鼓吹與推廣，在許多場合下，用簽名代替印章，已被國人接受了。

三、雲五先生主持下的行政改革委員會

依據以上所述，可以明顯看出，作爲一個改革家的雲五先生與生俱來的日新又新精神。他能被先總統　蔣公簡選付之以規劃行政改革重任，自屬得人。

四十六年八月底，雲五先生奉派為中華民國出席聯合國第十二屆大會全權代表之一。行前，先總統　蔣公召見於陽明山官邸，除垂詢有關聯大意見外，並指示趁便在美調查研究美國胡佛委員會所提建議與執行成果，以供我國參考借鏡。四十七年元月十三日返國，已撰就備向　總統提出約八、九萬字的報告還未及打字完畢，即於元月二十日奉　總統召見，即席口頭提出研究意見大要。二月十日，雲五先生奉命在總統府月會報告「對於胡佛委員會報告之研究簡述」。報告畢，　總統破例登台指示，強調所報告事項的重要性，並即席決定在總統府內設置行政改革委員會，限於半年內提出研究報告與建議。事後，張秘書長岳軍先生告，　總統期望該會在一個月內成立。三月六日，總統核定雲五先生所擬該會組織簡則及所提委員人選，機構定名為「總統府臨時行政改革委員會」。三月十日，委員會成立，當日下午在台北賓館舉行第一次委員會議，出席除主任委員王雲五先生外，委員八人：謝冠生（司法院副院長）、黃季陸（行政院政務委員）、嚴家淦（行政院美援會主任委員）、周至柔（台省主席）、雷法章（銓敍部部長）、馬紀壯（國防部副部長）、周宏濤（國民黨中央副秘書長）、阮毅成（兼主任秘書）；委員會並遵照　總統指示，每次都請陳副總統、張秘書長岳軍及行政院俞院長鴻鈞列席指導。

委員會會址借用行政院內房屋。同年九月十日，委員會如預定六個月期滿之日自動撤銷。有關委員會的各種規定、辦法、工作人員、工作方法和外界評論等等各端，本人曾有「總統府臨時行政改革委員會的工作與方法」一文，詳敍其始末、組織、工作人員、工作方法、建議案件、各方有關評論等端（見徐有守著：「行政的現代化」，商務印書館印）。

委員會的組織是在主任委員下設委員會，委員會下設十一個研究小組如下：行政、國防、財政金融、經濟、文教、預算、總務、公營企業、司法、考銓、綜合。委員會下另設四個考察團如下：司法、國防、地方行政及地方財政、考銓。

委員會的工作人員，有主任委員、委員、顧問、秘書主任、研究專員、秘書、助理員、打字員。其中顧問純粹從事研議方案工作，僅參加會議，不到會辦公。秘書主任以次都每日到會辦公。

顧問三十四人芳名如下：浦薛鳳、祝紹周、關吉玉、李壽雍、楊亮功、張峻、楊繼曾、董文琦、黃正銘、徐道鄰、翁之鏞、尹仲容、凌鴻勛、龐松舟、張茲闓、唐君鉑、王撫洲、湯元吉、劉眞、俞國華、施奎齡、金世鼎、劉愷鍾、蘇在山、張宗良、黃雪邨、江杓、鄧文儀、馬潤庠、李景潞、管歐、高崑峯、羅萬類、劉季洪。

以上三十四人，於該會結束以後，大多事功顯赫，貢獻國家社會良多。例如俞國華、劉季洪、楊亮功三人後來分別任行政、考試院長，唐君鉑任中山科學院院長。但若僅就當時各該所具學識經驗而言，可提要說明如下：㈠曾任大學院校教授者三人。㈡曾任大學院校教授並有省級廳長以上職務行政經驗者六人。㈢曾任大學校長者五人。㈣曾任大學教授且任部次長者二人。㈤曾任省級廳長以上職務者三人。㈥曾任省主席者一人。㈦曾任部次長十四人。

前述十一個研究小組中，除綜合小組是由主任委員主持，由其他十個研究小組召集人及該會秘書主任出席外，其他十個研究小組都由顧問、研究專員及秘書組成，其中一人爲召集人，都由主任委員指定。

前述四個考察團，由主任委員各指定委員一人爲團長，顧問、研究專員及秘書爲團員，團員人數自三人至十一人不等。

該會共提出改革建議案八十八案，其所涉性質及分類建議案數目如下：

第一類：有關各級政府權責關係者四案。
第二類：有關行政院及所屬機關者六案。
第三類：有關地方民意機關者四案。
第四類：有關行政效率者六案。
第五類：有關事務管理者七案。
第六類：有關國防者六案。
第七類：有關財政者六案。
第八類：有關金融者六案。
第九類：有關經濟者七案。
第十類：有關預算者五案。
第十一類：有關文教者十案。
第十二類：有關司法者八案。
第十三類：有關考銓者七案。
第十四類：其他性質者五案。

以上各案，涉及廣泛，本文無法一一擧述各案內容。現在僅能聊擧數案爲例，用來說明。

我國實施　國父發明的均權制度，其具體規定載於憲法第十章中央與地方之權限，而以第一〇七條至第一一一條共五條分別敍明。其中第一〇八條所定是「由中央立法並執行之，或交由省、縣執行之」的事項，計列舉有二十款。中央政府來台以後，有若干事項，究宜由中央執行，或宜由地方執行，逐漸發生爭執。行政改革委員會成立後，先總統　蔣公於四月間在一文件上批示：「關於憲法第一〇八條規定由中央立法並執行，或交由省縣執行之事項，希就憲法精神，政治現況，配合國策，作具體研究，以利中央與省權責之劃分。」改革委員會經詳加研究後，提出「憲法第一〇八條研究報告案」，分別就商品檢驗、國有林政、漁業行政、商業登記、海港檢疫、公路監理、有關土地處理、電訊器材管理、有關教育制度、有關人事管理等項，提出具體建議辦法，呈奉　總統指示：「交行政院研辦。」

對於台灣省政府組織，該會建議制訂組織條例，並作若干行政性的改革。又建議重訂各縣市政府組織。

對於若干中央機關，則建議裁撤外匯貿易審議委員會、關務署與總稅務司署合併，台灣製鹽廠合併於鹽務總局，裁撤中央標準局所轄台灣工廠。

對於省市及縣市議會的運作，諸如質詢方式、程序、時間，內部紀律的維持，懲戒條款的訂定，省市或縣市政府對議會議決案的複議程序等項，建議具體辦法予以改進。

當時我們各級政府，不僅沒有分層負責制度，而且根本沒有這個觀念。該會提出「實施行政機關分層負責案」，內容十分具體詳備。我國行政機關之有分層負責，實從此案開始。至於對於各機關的事務管理，諸如辦公物品供應、公用房屋管理、實物配給管理、公務車輛管理、重要檔案管理、文書處理的改進（例如減免大印使用、改進公文體例等）等，該會提有七個建議案。

爲求繁榮經濟，並加强國防工業以强化戰力起見，該會建議加强軍、公、民三類工業的配合聯繫。

對於整個租稅制度與結構，以及稅務行政，該會提有四案，分別就所得稅、遺產稅、貨物稅、關稅、鹽稅、營業稅、土地稅、防衞捐、筵席捐、屠宰稅、稅務行政機關組織等方面提出具體建議事項。

爲繁榮經濟，促進資本形成，該會建議節約消費、鼓勵私人貨幣儲蓄、建立資本市場（設立證券交易行）、吸收外資、恢復郵政儲金匯業局、節約外匯、合理分配工業原料外匯，解除各種不必要的經濟管制、建立動產抵押制、發展經濟服務行業，並分別提具體辦法甚多。

此外，該會並主張雙管齊下方式，一方面提案改進公營事業；另一方面又提案發展民營事業。其具體辦法爲確立公營事業的法定涵義爲政府資本居百分之五十一以上者，並確立公營事業範圍，凡不合公營者一律移轉民營，鼓勵外資僑資輸入，解除有關民營管制。

爲求切實保障人權，維護司法獨立，該會提出多案，辦法十分具體週詳，主張審檢分立，將高等法院以下各級法院移還隸屬司法院，保障法官非屬有限條件規定者不得予以免職或調職或降職或減俸，加强公設辯護人制度，限制依總動員法發布命令，明確劃分司法與軍法的審判權，必須切實依法始得逮捕或羈押，嚴禁施行刑訊或疲勞審問，建立寃獄賠償制。

在用人行政方面，該委員會建議建立高於高等考試之考試制度，以延攬具有博士碩士學位或教授副教授職務，且在政府行政機關以外機構取得工作經驗若干年的人才，使進入行政機關擔任簡任級高級職務。

我國行政界多年來就有一種不良傳統，行政機關首長卸任前，乘機安置與其有關係的人員，並且濫用經費。這也就是習慣所稱的起身炮。民國四十年代，這種可以溯源於滿淸時期的惡習仍然不改。另外，政府來台後，行政機關逐步發展出一種新工作模式，就是動輒設置專案小組。這種小組，最初確實有其價值與優良功能；但久而久之，漸趨變質。由兩個以上機關聯合設立的小組，形成無一負責機關，互推責任；機關內部設立的小組則績效不見，成爲職員兼職津貼的合法來源，長期設置，便利正副首長開支經費，形式上則美其名爲專案小組，彷彿對這一項目業務特別重視。以上這種起身炮和專案小組惡習，該會有兩個專案，建議分別予以嚴禁或限制。

我國公務員的待遇，多年以來偏低。另一方面，貪污也是中外古今所難免。該會爲此特別提案，建議一方面合理調整待遇，一方面加强防止貪污的各項具體措施。

四、行政改革建議案的影響

在雲五先生主持下，行政改革委員會所提八十八個建議案，涉及頗爲廣泛。就橫的方面而言，兼跨行政、司法、考試三院職掌事項；就縱的方面而言，則自中央院部以至地方基層村里組織均有觸及。反之，中央三民意機關、黨政關係以及例如半官方機構之農復會等的有關事項，都不在建議案所涉範圍。

至於就所涉事項性質觀察，上自憲法規定事項的執行策略，以至於機關的新設、裁撤、組織調整、相互關係的改善、權責的調整、制度新創、制度改善、工作方法，無不有之。

若就每一建議案的內容複雜性而言，大者涉及整體結構，小者單純以至於僅屬一用語法定涵義之澄淸。但大概言之，個人認爲下列各案似乎特別重要：

一、第一案：憲法第一〇八條研究報告案。
二、第六案：調整行政院及各部會組織職掌案。
三、第十八案：實施行政機關分層負責案。
四、第二二案：改進事務管理案。
五、第三五案：改革租稅案。
六、第四一案：建立信用制度案。
七、第四七案：改進公營事業管理案。
八、第四九案：發展民營企業案。
九、第五三案：發展經濟服務行業案。
十、第六九案：切實保障人權案。
十一、第七〇案：調整司法監督案。
十二、第七九案：建立高於高等考試之考試制度案。
十三、第八七案：防止貪污案。
十四、第八八案：調整軍公教人員待遇案。

就目前民國八十年現況而言，我們早已實施審檢分立而配置制度，軍法機關審判案件也早已縮小範圍，軍公教待遇也早就實施幾乎每年調整一次，證券市場也建立了，公營事業的管理也加强了，並且不斷地積極推行開放民營，租稅方面也一再進行改革，公務人員甲等考試也歷辦有年。凡此事實，在民國四十七年行政改革委員會提案建議時並不存在。換言之，也就是由於有了該會建議案的提出與發動，這種種措施才見之於實現。這其間，因素固然複雜，但發軔於該會建議則爲不滅的事實。

有許多建議事項，在當時被認爲是重大的突破，而不是其他在朝或在野人士所能建議，但雲五先生仍然提出建議了；而且，除了極特殊二、三案格於種種原因，當時即決定暫緩執行外，其餘仍獲先總統　蔣公接受交辦。然而，卻仍難眞正實施，始終在機關與機關之間迂迴往返。若干案到最後雖然決定緩辦，但再過若干年後，竟仍又獲實施。例如「調整司法監督案」，自四十七年提出建議，遷延到六十年才獲實現。

行政改革委員會於四十七年九月十日結束後，所建議八十八案，奉　總統批示概況如下：

㈠批交「辦理」或「實施」者八案。

㈡批交「採擇施行」或「採擇」者九案。

㈢批交「考慮採行」、「擇要採行」、「研究採行」或「研究施行」者十一案。

㈣批交「酌核辦理」者五十一案。

㈤批交「研辦」者七案。

㈥批交「參考」者一案。

㈦批交「緩議」者一案。

以上㈣㈤兩類批示共五十八案，細推批示的語意，似乎介於可否兩者之間，如姑且以其半數視爲肯定，則連同㈠㈡㈢合計爲五十七案，約居總數的百分之六五。

每一建議案內所包括的建議事項，無不在二項以上，有時多至二、三十項。如以建議事項爲單位計算，則奉批交「辦理」或「研辦」者三九六項，居總項數四〇六項的八六・一%。

四十七年七月，距行政改革委員會預定結束時間的同年九月約前兩個月，　總統任命雲五先生爲行政院副院長。同年十二月十日，　總統致副總統兼行政院長陳辭修先生代電：「八十八案中，除三案已先發交行政院研辦，一案緩議，兩案已交考試院外，其餘八十二案中之三十二案應予優先籌劃實施，已逐案批示如附表；次要者五十案統交行政院分案酌核辦理。交院採行之案，應對每案採行之日期及實施辦法，分別研究決定，並定限期呈報。次要各案中有純屬省政府辦理者，應由院轉飭台灣省政府切實研究，分別擬具實施日期或如何分期實施之辦法。」次年，亦即四十八年元月十四日，行政院設置「行政改革建議案研議小組委員會」，由雲五先生任召集人，政務委員王世杰、薛岳、余井塘、蔡培火、蔣經國，及行政院秘書長陳雪屏、主計長陳慶瑜等七人爲委員，行政院副秘書長瞿韶華爲執行秘書。小組的任務是就奉　總統批交行政院處理各案，遵照批示意旨，逐案研議處理辦法。經小組決定研議程序並經照此程序辦理，其程序如下：㈠由行政院按各案性質，分別先交各該主管部會機關研提意見。㈡由行政院秘書處對各主管部會機關所研提意見，加簽意見。㈢將原案及經以上兩步驟所提意見，一併提小組研議，作成決議。㈣簽報院長核奪。

作爲研議小組召集人的雲五先生，這時候的身份，實際上已經是行政院副院長，必須就行政院所屬各主管部會機關所研提意見，站在監督與推動執行的立場來考慮各建議案的可行性。這與以前作爲原始提案人的改革委員會主任委員身份自然有所不同。雲五先生究竟如何處理這種發生在他一人身上的兩者間差距問題?依雲五先生自述：「絕未因此過份固執原建議意見。個人適且因此而獲得再度逐案深入考慮之機會；小組乃得充份發揮其研議之功能。」因此，到小組於同年十二月三十日結束時止，研議小組共集會四十四次，決定對原案全部採行者六十三案；部分採行者十四案；緩議、緩辦、留供參考或未採取者九案，共計八十六案（另有兩案已奉　總統另行批交考試院研辦）。行政院照小組決議分函各主管部會辦理。

研議小組結束三年後，行政院於五十一年十一月一日設立「行政改革建議案檢討小組委員會」，仍由雲五先生爲召集人，余井塘、蔡培火、陳雪屏、黃季陸、梁序昭、嚴家淦、陳慶瑜、周至柔、徐柏園、阮毅成十人爲委員，董文琦爲執行秘書。小組職務是就各案處理情形從事全盤性檢討。另並聘董文琦、周宏濤、陶聲洋等二十六人爲顧問。小組委員會於五十二年四月三十日結束，但輾轉查詢各案辦理詳情工作，仍由小組幕僚人員繼續進行至五十二年十一月上旬止。

全部建議案內容涉及廣泛，已見上文；因此，對執行結果，本文不可能一一詳加舉述。依據上述檢討小組五十二年檢討結果，並按幾種不同計分方法計算，各案實施評分如下：

㈠如全案各建議事項都已實施者評列一百分（十五案），大部實施者七十五分（三十一案），半數實施者五十分（八案），部分實施者二十五分（十二案），已決定定期實施者五十分（九案），全案各項建議全未實施者（十三案）〇分，依此計算，共計得分四九七五分，平均已實施者爲五六・五三％。

㈡但事實上每案所包括的建議事項數量多少不一。如改以建議事項爲單位評分，全部八十八案共有建議四六〇項，仍依上述標準評分，計全部實施者一五七項，大部實施者六三項，半數實施者九項，部分實施者四〇項，已決定定期實施者一項，經實施準備者五三項，實施績效不詳者二八項，未實施者一〇九項。依此計算，合計得分二五、九七五分，平均已實施者爲五六・四六％，與上述評分方法的結果幾乎相同。

㈢小組委員會同時又另外採取第三種評估方法評分，也就是按建議案內容，就下列各因素分類：1所涉單純或複雜，2所涉範圍大小，3是否涉及制度或影響較大，以及4政策性與重要性。照此分成ABCDE五類，加權計算，依次分別每案視爲一案，一案半，二案，二案半，三案。而每類各案又分別依其全部或部分實施如上述㈠方法分別評分。結果總評分爲九六三七・五分，共計一八八・五案，平均實施比率爲五一・一三％。

五、結語

雲五先生畢生辛勞，而於六十八年八月十四日結束其生命道路。雲五先生遺留給這個世界的東西很多，行政改革工作及其成果，只是其中一小部份。僅就行政改革而言，雲五先生所提出的八十八個行政改革建議案內容，在民國四十年代末期的政治環境下，自有其遠見而非常人所能及。例如建立高於高等考試之考試制度案（即現行甲等考試），已早看出政府有引用民間、學術界與企業界新知能新技術的新精英之必要；另如租稅改革案亦然。許多建議，雖經迴旋曲折，有時甚至牽延二十年後才實現，終於仍對國家產生莫大價值。更重要的是雲五先生有其偉大的道德勇氣，能言人之所不敢言。例如所提「切實保障人權案」的限制政府依總動員法頒布命令，倡議司法與軍法審判權的劃清界線等等；又如「調整司法監督案」的堅決主張當時的司法行政部應將所轄高等法院以下法院，歸還司法院管轄。又如主張裁撤若干機關。諸此案件，雖都奉先總統　蔣公明智指示交辦，但仍遭遇種種障礙，最後終獲實行。

遠見表現了智慧，道德觀表現了仁心，無所畏懼表現了勇氣。因此，我們說雲五先生是智、仁、勇三者兼備，自有充份的事實爲證。

（本文作者現任考試院銓敘部政務次長）

■編輯部

綜合討論

時　間：民國八十年六月卅日上午九時
地　點：台北市復興南路「文苑」
主　席：徐有守（考試院銓敘部政務次長）
論文撰述：曾濟羣（國立編譯館館長）
　王壽南（政大文理學院院長）
　徐有守（考試院銓敘部政務次長）
特約討論：雷飛龍（政大教授）
　陳水逢（考試院考試委員）
　曹伯一（考試院考試委員）
　張連生（商務印書館總經理）
　陳寬強（致理商專校長）
　馬起華（政大教授）

主席致詞：

今天在座的，大都是雲五先生的故舊、門生，或是敬仰他的人。我也不例外，曾經追隨過他一段日子。因此，我想大家也和我一樣，都是抱著懷念與感謝的心情來參加這場研討會。

雲五先生誕生於民前二十四年（一八八八年）舊曆六月初一；而在民國六十八年八月十四日早上六時卅分在台北榮總過世，享年九十二歲。記得我與壽南兄等於晨間獲知不幸消息後，都立即趕到醫院去。至今回想那天早上的情景，彷彿如在目前。現在，再過一個半月，就是他逝世十二週年的紀念日，或者再過半個月，也是他老人家一百零四歲生日。我們此時在這裡集會，眞是備增懷念之情。

王雲五先生雖不是國民黨員，但谷正剛先生當年任國民大會秘書長期間，雲老經常擔任國民大會主席團主席，調解糾紛。有一次，谷先生就感慨說：「雲老實在是比國民黨員更愛國民黨」。就我所知，事實上，雲五先生年輕時曾經加入國民黨，後來因爲投入文化出版事業，無暇從事黨務活動，慢慢就脫節了。先總統蔣公逝世後數日，雲五先生在中央日報發表了一篇悼念文章，並且在文章裡也提到曾經是國民黨員，只是沒有歸隊罷了。今天，我們國民黨在這裡舉行研討會在闡揚他的風範，這是我們要感謝的。

雲五先生的確稱得上是「一代奇人」。他幾乎沒有受過任何學校教育。只在私塾讀了一點書，在上海唸英文也爲時甚短。因此，後來不論從事政府公職或學校教職，他的履歷表中所塡學歷都只有「私塾」二字。像這樣一張小學畢業文憑都沒有的人，卻指導出許多博士；他畢生沒有參加過任何考試，卻擔任考試院副院長，做高考的典試委員長。他主持文化出版事業，也有特殊的構想與成就，若無學術頭腦與智慧，商務印書館不會如此聲譽卓著。在他手下工作的編輯，很多後來成爲院長、部長、名教授，不必列舉。

尼克森當年到台灣訪問，臨走時告訴外交部的工作人員說，在我這次訪問你們中華民國所遇見的人士中，英文講的最好的人是王雲五先生。有一次我曾經請雲五先生爲我寫一封寄國外的推薦信，結果他進房間去，不到五分鐘就寫好底稿拿出來給我了，又快又好，令人十分訝異。由此可知雲五先生英文造詣之深。

不僅在學問上是個奇人，他在事功表現上也算是奇人。既沒有背景，又不屬於任何一個政黨，他卻能夠出任財政部長、經濟部長、行政院副院長，而且在大陸時期即開辦文化事業，來台後又出任考試院副院長，和再任行政院副院長。在任何一個工作崗位上，他都能勇於任事，無所畏懼、顧慮，完全是一片忠忱，且有不少創新、改革。實在是難能可貴。

這場研討會是「近代學人風範」系列研討活動的最後一場，感謝文工會一年來的辛勞，舉辦了十二場饒富意義的學術活動。更感謝大家今天的出席指導，謝謝。

論文發表（略）

特約討論

雷飛龍：

根據我的了解，對王老師有以下四點看法：

第一、他是絕頂聰明的人。什麼是聰明呢？首先要記憶佳，其次要分析能力强，因此雲五先生在國民大會時經常替人排難解紛，分析事理往往一針見血；再來要綜合能力强，王老師編各種叢書，正是運用了高度的綜合能力；最後必須有推理能力，能聞一知十，雲五先生正是具備了上述各種能力。

第二、勤奮。他幾乎無時不在用功，看書隨時寫筆記、卡片。他曾說，希望一生不要進醫院，最好直接由辦公室、圖書館進殯儀館。換言之，他不希望浪費時間，也不做無聊之事，甚至沒有什麼消遣。而且王老師對事情督促嚴格，事必躬親，總希望立即有功效，在他手下辦事，一點都不能偷懶。

第三、講效率。由於他要求很高，故凡事講求效率，是一個管理專家，他有許多富創意的發明，其實爲的是追求效率。

第四、愛國。他以社會賢達身份從政，完全是基於愛國。當聯合國席位發生問題時，他經常主動寫信給認識的美國朋友，甚至美國總統。我始終覺得，這種精神值得國人效法，像他一樣聰明的人不少，但有雲老這種成就的人卻不多。這一點恐怕是我們在研討雲五先生時最應深切思考、體會的吧！

陳水逢：

我也曾受業雲老門下多年，因此想提出幾件事情供大家參考：

第一、根據我的了解，他是一個學識廣博，常識豐富的人，本身即是一部百科全書，任何一門學識，他只要花一點時間就能觸類旁通，我相信，再給他幾年時間，就會有一部「王雲五百科全書」產生。

第二、他的個性擇善固執，鍥而不舍，誠懇待人接物，絕不見風轉舵的人，凡事認為是對的，一定堅持到底，有正義感的牛脾氣，這種精神在現今社會已是難能可貴。

第三、他對人都是默默觀察，因職薦才。我從執政黨的台灣省黨部到中央黨部，擔任服務工作十多年，他始終沒有向當局推薦過我，唯一的一次，是當年由台灣省黨部書記長到台北市黨部主任委員，再到中央黨部秘書處主任，歷練可算已相當豐富，而在台灣省政府也早已擔任省府委員多年，因此當民國六十五年省府改組之際，他認為我有原則且腳踏實地，不顯耀，不弄權，不假公濟私，平易近人，有草根性，對台灣省各種情形瞭如指掌，可以去做省主席，遂自動的寫了一封推荐信給經國先生，不過後來我知道，這封信有關人員似乎並未送達經國先生手中。這件事他始終未曾對我言明，因王老師曉得我向來不會為自己求人，直到後來四、五年之後中央黨部秘書長張寶樹先生始因談及若干有關雲老之事順便告訴我，才恍然明白。由此，可知雲老推薦人選絕不希望人感恩圖報，而只是透過默默觀察，認為適合者就予以推薦。

不過，他也絕不徇私，完全公私分明。譬如說，民國五十五年開始有第一屆中山學術優良著作獎，我寫了一本「日本政黨史」大概還不錯，審查獲八十六分，比幾位教過我、有名的老師所送審著作的分數還高，他們有的才四十多分、六十多分。雲五先生後來找我去，他說我的分數是第一名，但這個獎主要是希望獎勵對中山先生的思想、學術有所研究之傑出學者，而我寫的是有關日本的政治問題，因此他問我是否能放棄，按理他是不能把我刷掉的，但我馬上對他說，請老師不要為難。今天我把這件事說出來，大家應可了解到雲五先生不是一個偏袒自己學生的人，是非對錯，他始終自有定見。

第四、雲五先生極為愛國。他晚年時身體狀況不佳，我們這些學生大概每一、二個月就會去看他，他常說，人生最痛苦的事，就是頭腦還清楚，四肢卻不能動。每次拜謁他老人家時，他總會對我說些政壇秘聞，以供我增加見聞及自惕自省。記得有一次他曾對我提起，中國大陸文化大革命時，我們本來已準備反攻大陸，而且有六成勝算，但是卻有兩個買辦反對，在此我不便說出是誰，因為王老師叫我絕不能說出來。試想一個八十多歲的老人，提到此事依然激動地掉下淚來，其愛國心的强烈不言可知，實在令人感動。

曹伯一：

我在三十年前唸碩士班時，論文是研究有關中共國務院，在當時環境下，要搜集相關資料很不方便，於是我去請教雲五先生。他首先問我，為何要做此研究？我回答說，國外對中共的研究很熱烈，可是國內卻缺乏學術上的探討，而這方面的問題非常重要，因此想嘗試去研究。接著，他又問我第二個問題，問我最大的困難在那裡？我說，只怕人家對我的研究產生不必要的聯想。他聽了立刻說，這一點不必擔心，他完全替我擔當。於是，他寫了一張片子，讓我得以順利到情報局等機構去翻閱資料。三十年前，他能有此眼光、思想，我至今感激在心。

我追隨雲五先生做事是在東方雜誌。這份雜誌創刊於一九〇八年，歷史相當悠久。有一段時期的主編是金耀基、傅宗懋兩位先生，後來他們有事離開，雲五先生遂找我去，我心裡毫無準備，他勉勵我，最後，我提出一項請求，希望只暫代一年，等他們回來我就離開，雲老答應了。因此，在這份歷史悠久的刊物中，我曾經工作一年，至今仍覺得是一大榮幸。

另外，我想談談雲老一項極具創意的構想——古書今註今譯。他覺得許多古書都是中國文化的精華，但因缺乏訓詁上的解釋，一般人讀來頗爲困難，因此希望將這些古書用現代的語言註釋出來，以便普及社會大衆。這件事一開始是王壽南先生在協助處理，但王先生因另有要事，中途暫辭，遂由我來接替處理相關的出版工作，時間恰好也是一年。一年後，王壽南先生回來繼續負責這項工作。

以上這三件事情是我體會較深的，從論文一事，我知道了雲老不隨流俗的高遠眼光；東方雜誌一事則讓我了解雲老對文化事業的情感深厚；而「今註今譯」的構想，更可見出他念念不忘發揚中國文化的理想。

張連生：

我從民國五十三年追隨雲老至其六十八年謝世爲止，整整十五年，承蒙他的教誨，令我體驗良多。在此僅補充幾件事供大家參考。

雲老在擔任行政院副院長時，曾做了兩件對出版業影響甚大的事。第一件是有關中學教科書的。早期的教科書由民間自己編印，水準參差不齊；其後由政府制定綱要和標準，民間據以編印；抗戰期間，政府將民族教育的初級中學教科書統一編輯，後由出版業者聯合印行。台省光復後不久，政府則將初高中的國文、歷史、地理、公民四科教科書一律收歸自己編印並行銷，行之數年，與民爭利等等之匪議日起，唯其時四科以外的教科書仍由民間經營，由於競爭，流弊亦漸叢生。五十三年初，政府爲順應民意，乃將此四種教科書仿照抗戰時間之方式，交由業者聯合印銷，而不開放給業者自由經營，編輯則仍由政府自任。這種改變，是雲老的主張，他的用意是爲了端正社會風氣，大家都知道，爲了教科書，校園風氣受到很大影響，最近教育當局已公開承認是事實，尤其是各種黨派勢力的介入，使問題更形複雜，而教科書的品質對教育發展也有重大的影響，因此他主張由政府來編輯是很正確的。

第二、三十八年以前，大陸一些出版機構在台灣設有分公司，大陸淪陷以後，兩岸中斷。行政院頒布了「淪陷區工商企業總機構在台原設分支機構管理辦法」行政命令，規定在台的人員和資金不可以和大陸往來，這雖解決了部分問題，但是，一些在台股權不超過百分之五十的公司，無法召開股東會議，從民國三十八年到五十三年，十五年間股東都無法行使股權，於是雲老主張制訂法律以解決，所以才有「戡亂時期在台公司淪陷區股東股權行使條例」的產生，並經立法院通過實施。正因爲有此法律，這些分公司才能召開正式的股東會，業務得以正常發展。在空白了十五年之後，雲老果斷予以救濟，實在不能不令人佩服。

陳寬强：

我想談一談雲五先生與圖書館的關係。雲五先生一生愛書成癖，因而有人稱他爲「書痴」或「書狂」。他一生以坐擁書城爲樂，以沈醉於古今典籍之間爲其畢生之最高志趣。雲老一生與書結下不解緣，這是他投身文化出版業而卓有建樹的主要原因。

雲老在主持商務印書館期間，設立了「東方圖書館」，以高價蒐集善本書，庋藏之富，甲於東南。「東方」雖在一二八之後，不幸毀於日軍砲火，但雲老在致力商務復興工作時，對東方圖書館的恢復仍一直不遺餘力。

雲老因欲爲全國各地的圖書館選擇好書，充實其內容，故以編纂各種叢書爲商務出版工作的重點。在商務先後出版三十多種創造性的出版物中，最重要的恐怕是「萬有文庫」，當年大陸上許多窮鄉僻壤的鄉下地方，只要擁有一部萬有文庫，便成爲一座小型的圖書館。他對中華文化的貢獻，可以說是很深遠的。

雲老在五十三年重主商務館務，把萬有文庫濃縮成爲「萃要」在台發行，也是台灣出版界的盛事，開啓了台灣出版界印大部頭書的風氣之先。雲老逝世之後，商務張總經理連生繼承遺志，把故宮博物院珍藏的文淵閣四庫全書影印出版，這是出版界了不起的成就。

由於雲老對出版文化事業的偉大貢獻，先總統　蔣公曾要雲老對中央圖書館及國立故宮博物院多加照顧，這是雲老與圖書館的另一種淵源，蔣復璁先生對雲老也是始終推崇有加，這兩個機構許多政策上的抉擇，都是出自雲老的構想。

我覺得雲老最了不起的事，是以個人的力量創辦了「財團法人雲五圖書館基金會」，把來台後重新蒐集的圖書典籍，和稿費版稅累積而成的一點財產，全部捐贈給圖書館，沒有留給子女。這種無私奉獻的精神，令人永遠懷念。

馬起華：

我也是雲五先生的學生，因此想提幾件鮮爲人知的事，從其中或許可以了解他的爲人與性情。雲五先生在商務時曾計劃翻譯世界名著，收集了一大批西文名著，也招考了一些中英文俱佳的翻譯能手，由於都是古典英文，我看得很吃力，有些地方翻譯的人不懂，我也不懂，去問王先生，他竟然懂了，令我很驚訝，也可見其英文造詣之深。但這可能是因爲他博覽羣書，又讀過大英百科全書，故有廣博的知識，才能了解別人無法了解的東西。

他在擔任財政部長任內，受到很多批評，後來他離開，有一次跟我談起，說被人罵他是「四百萬起家」，不懂財政。「四百萬」指的是四角號碼、百科全書、萬有文庫。別人罵他不懂財政卻去搞財政，令他感歎不已。我就對他說，能做到「四百萬」豈是易事，這已是不朽的事業了！

有一次王老師對我說，曾經有一度眞的要反攻大陸，他是動員委員會的主任委員，當時蔣總統與雲五先生贊成，並作了準備，卻遭到另兩位黨國元老的極力反對，我追問那兩人是誰，他始終不肯透露。事實上，王先生對近代歷史的掌故、秘辛知道甚多，我很遺憾未能向他問出一些內情來。

我在政治大學上過他的「歷代政治典籍研讀」，規定要看一百本歷代著名的典籍，把內容要點寫下來，都是文言文，讀得叫苦連天，但卻令我受益甚大，使我對中國歷代政治典籍有了粗略的了解。

這幾件小事，有的令我感動，有的使我敬佩，我至今仍覺得他眞的是一位了不起的人。

綜合討論

劉子鑑（聽衆）：

我是三十八年來台，曾在書局做事，當時重慶南路有很多書店是上海人開的，他們對雲老也是推崇不已，但有一點卻不能諒解，即三十七年在大陸時，雲老出任財政部長改革金元券一事。那時候的辦法是，拿黃金一兩到銀行可兌換兩百元金元券，由於掌握財經大權的孔宋系統爲人民所唾棄，故大家對王雲五抱以高度的信任，紛紛將黃金送進銀行，但是沒多久就貶値了，因此，我聽到不少書店的人批評雲老，認爲受騙上當。到底是他主動要當財政部長，還是非他出任不可？這一段歷史可否請主席說明？

徐有守：

我是民國四十三年進政大研究所就讀，因而初識雲五先生，有關金元券一事是在我認識他之前發生，故了解不很深入。但有一點是事實，他雖歷年面對許多指責，卻始終不曾加以辯駁，有時甚至一笑。最後這一段歷史在他的「岫廬八十自述」書中有適當詳細的記載，但是，我不知道其前因後果是否已經完全說明。據我所知，蔣公當年曾兩次請他出任財政部長之職。對這件事，在他生前從未辯白過。我認爲他在這件事上，對國家有功。

王壽南：

對這一問題我想提供一些個人的看法。由於我曾撰寫「王雲五先生年譜初稿」，因此除了一般公開的資料，如「八十自述」之外，也看了許多未公開的信函、機關檔案，但對金元券一事，依然覺得像一個謎。我在他生前曾與他談起，他說，死後自有公論。他始終不發一言反駁，使我在寫年譜的這一段歷史時，無法下筆，但我有一感覺，這件事他是揹黑鍋的，原因有下列兩點：

一、他三十七年任財政部長，何以金元券的輔幣在三十五年即已塑造完成？鈔票是不可能在一、二個月內就印妥的。

二、他不是國民黨員，但改革幣制一事必然是先經黨內開會通過，如果執政黨不通過，怎麼可能改革幣制？

我認爲，雲五先生是眼見孔、宋已無信用，但貨幣若不改革，政府非垮不可，才會出任此職，挑起改革幣制的重任。他當然也知道金元券一事是誰的決策，但他推行此項措施，絕沒想到會失敗，後來會失敗，分析起來大概有幾點原因：

一、戰局逆轉太快——當時中共由北平打到濟南的速度之快，超過雲五先生的預料之外，而作戰需要戰費，爲了支應戰爭需要，只得猛印鈔票，造成通貨膨脹；加上中共在幾個大都市，如上海等，不斷攪亂金融，操縱奸商囤積物資，使剛誕生的新貨幣無法承受這些重大的衝擊。

二、民國三十七年，雲五先生赴美參加國際貨幣基金會，當時傅斯年先生勸他別去，可是那年在紐約開的大會，恰巧輪到中國的財政部長擔任大會主席，這代表我們國際地位的提升，也是無上的榮耀，爲了國家，他最後選擇了赴會，但這一去，國內的經濟就無法控制了。

三、最重要的一點，是當時的行政院長翁文灝不支持雲五先生。當中共部隊打到濟南、徐州時，他趕回國，立即擬妥緊急應變措施，可是送到行政院長處卻被擱置。各位都知道，翁文灝後來投共了。所以，金元券政策的失敗不能完全歸罪於雲五先生，他原本以爲會成功，絕非故意使之失敗，指雲五先生利用金圓券的改革而收集黃金運送來台，這種說法是不正確的。**（張堂錡記錄整理）**

文訊叢刊⑳

理想人生的追尋

于右任・蔣夢麟・王雲五

編輯指導／封德屏
美術指導／劉　開
責任編輯／王燕玲
校　　對／孫小燕・黃淑貞
內頁完稿／詹淑美

發 行 人／蔣　震
出 版 者／文訊雜誌社
編 輯 部／臺北市復興南路一段 127 號三樓
電　　話／(02)7711171・7412364
傳　　眞／(02)7529186

總 經 銷／聯經出版事業公司
地　　址／臺北縣汐止鎮大同路一段 367 號三樓
電　　話／(02)6422629 代表線
印　　刷／裕臺公司中華印刷廠
　　　　　臺北縣新店市大坪林寶强路六號
電腦排版／浩瀚電腦排版股份有限公司
電　　話／(02)7771194
地　　址／台北市忠孝東路三段 257 號 5F

定價 200 元(如有缺頁、破損請寄回本社調換)
郵撥帳號第 12106756 號文訊雜誌社

中華民國八十年八月二十五日出版
行政院新聞局局版台誌第 6584 號